I0550444

Nicolas Wydmer

WILLKOMMEN IM WAHNSINN

—————————————

Das Bullshit Bingo Blog 1

—————————————

ein satirischer Büro-Roman
(für alle, die glauben möchten, dass alles nur erfunden ist)

ein Tatsachenbericht
(für alle anderen)

Pongü

1. Auflage 2014

© 2014 Pongü Text & Design GmbH, Meilen, Schweiz

Umschlaggestaltung: Pongü Text & Design GmbH

ISBN: 978-3-9524326-1-7 (Print-Ausgabe)
ISBN: 978-3-9524326-0-0 (eBook)

Für:

Von:

ANLASS

- ☐ alles Gute im neuen Job

- ☐ zum Abschied

- ☐ einfach so

- ☐ als kleiner Aufsteller, dass
  noch mindestens jemand
  anders den schlimmsten Job
  der Welt hat

- ☐ ...

* Inhaltsverzeichnis *

Woche 1

Montag, 10. Januar, 10.25 Uhr

Mein Name ist Nik Wydmer. Ich bin 36 Jahre alt und heute
von meinem Arbeitgeber zum Kommunikationschef ernannt
worden. Wie das passieren konnte ist mir schleierhaft. Bis
heute Morgen, 10.13 Uhr, war ich der Online-Chef dieses
Unternehmens, der Chief Webmaster.

Diese Position ist die perfekte Sackgasse für die Karriere.
Das Business betrachtet dich mit Misstrauen, weil du einer
jener verhaltensgestörten IT-Freaks bist. Die IT belächelt
dich, weil du kein richtiger Informatiker, sondern einer
dieser schwulen Designer bist, und die Designer halten
nichts von dir, weil du zu den muffigen Bits- und Bytes-
Informatikern gehörst.

Als Online-Chef ist deine berufliche Laufbahn etwa so spannend, wie einem Stück Käse beim Schimmeln zuzusehen.
Deine Karriere geht genau bis zum mittleren Kader, damit
du deine Probleme selbst lösen kannst und niemand damit
belästigen musst. Du lebst in deiner persönlichen Gummi-
zelle, wo du es nicht einmal merken würdest, wenn die Firma
rund um dich herum untergeht. Im Tagesgeschäft wirst du
die ganze Zeit übergangen, nie zu den wichtigen Sitzungen
eingeladen und niemand fühlt sich bemüssigt, dich über
Projekte auf dem Laufenden zu halten.

"Von unserer neuen Marketingkampagne erfährst du noch früh genug."

"Nein, an dieser Projektsitzung musst du nicht dabei sein. Die Diskussionsebene ist zu abstrakt für dich."

"Was? Deine Website läuft nicht mehr, weil wir die Codierung der Bankprodukte geändert haben? Wer hätte das denn ahnen können?"

Du wirst nur dann beachtet, wenn sie etwas von dir wollen, und dann muss der Auftrag immer gestern ausgeführt werden, als wärst du eine lebende Zeitmaschine.

Ein Traumjob. Mein Traumjob!

Kein Anzug, Kommunikation fast ausschliesslich über E-Mail, ein Büro in einer ruhigen Ecke des Kellers oder Dachgeschosses, wo niemand etwas sagt, wenn du dein chinesisches Mittagessen am Arbeitsplatz mampfst. Mein Ziel war es, einmal hinter meinem Computer zu sterben und erst dann von meinen Arbeitskollegen entdeckt zu werden, nachdem ich mich in eine unappetitliche Suppe verwandelt habe, deren Geruch man nie mehr aus dem Teppich bekommt.

Und jetzt das!

Nur weil ich zufällig Informatik und Germanistik studiert habe, also einer jener Affen bin, die nicht nur auf dem Keyboard herumhauen, sondern sogar noch einen ganzen Satz schreiben können.

Die Job Description eines Kommunikationschefs lautet schlicht und einfach "Kanonenfutter". Schiesst die Presse, bekommst du die ganzen Salven ab. Dreht die GL durch, stehst du im sengenden Hauch der Flammenwerfer. Und bei

Knatsch zwischen der GL und der Belegschaft gibt's das Kreuzfeuer.

Im Moment der Ernennung sinkt deine Lebenserwartung drastisch. Der letzte Kommunikationschef dieses Unternehmens privatisierte vor einem Jahr nach einem Herzinfarkt und vier Bypässen. Übrigens genau gleich wie der Marketingchef.

Und einen Dachschaden bekommt man offenbar auch. Die zwei Herzinfarkte und acht Bypässe gehen bis heute zum Seelenklempner, um ihre traumatischen Erlebnisse in dieser Firma zu verarbeiten. Ganz hat es ihnen den Verstand aber offenbar nicht verbraten. Sie erhalten beim Psychologen Rabatt für identische Psychosen.

Um 10.07 Uhr heute klingelt also das Telefon und der CEO ist dran. "Herr Wydmer, bitte kommen Sie sogleich in mein Büro." Er hängt ohne ein weiteres Wort ab.

"Ich muss zum CEO", sage ich laut und hinter den deckenhohen Bücherstapeln, urwaldartigen Pflanzen und verbeulten Aktenschränken tauchen die Köpfe meiner drei Mitarbeitenden wie Periskope auf.

"Der Movieserver ...", sagt die erste.

"Der Gameserver ...", sagt der zweite.

"Ich habe zu viel Rechenleistung für mein neues Projekt abgezogen!", jammert wiederum die erste, denn der dritte sagt kaum je etwas.

Ich grüsse wie ein Todgeweihter. "Tschüss, ich habe euch alle wirklich gern gehabt und gerne mit euch zusammengearbeitet."

9

Im Büro des CEOs nimmt das Grauen Form an. Die ganze Geschäftsleitung der BuBi AG sitzt da. Alle fünf.

"Herr Wydmer. Setzen Sie sich. Wie Sie wissen, suchen wir seit Monaten nach einem neuen Kommunikationschef. Trotz intensivem Headhunting haben wir nur Absagen erhalten, darunter einige von sehr rüpelhafter Natur." Der CEO schaut durch seine Lesebrille auf ein Notizpapier. "Ein möglicher Kandidat riet uns, uns diesen Scheissjob ..."

Aus dem Augenwinkel sehe ich, wie der Spartenleiter Inland dem CEO unter dem Tisch einen Tritt versetzt.

Der CEO wechselt die Taktik. "Nun denn, es ist, wie es ist. Niemand wollte den Job, deshalb geben wir Ihnen die Chance, sich zu bewähren. Ab heute sind Sie der neue Kommunikationschef der BuBi AG. Wir erwarten Grosses von Ihnen. Noch Fragen?"

Ich bin so verdattert, dass sich mein Überlebensinstinkt ausklinkt und ich sage, was ich denke. "Ich will diesen Job nicht. Ich will an meiner heutigen Position bleiben."

Der CEO richtet sich auf und macht ein Gesicht. "Das ist leider nicht möglich. Wir haben Ihre Stelle bereits vergeben."

Ich brauche nicht zu fragen, an wen. Ich kann es mir denken und das boshafte Grinsen des Spartenleiters Inland bestätigt den Verdacht. Meine Stimme klingt nicht mehr freundlich. "Dann machen Sie die Verpflichtung wieder rückgängig. Ich habe mir nichts zuschulden kommen lassen. Eine Entlassung ist nicht gesetzeskonform."

Das Grinsen des Spartenleiters Inland wird breiter. "Aber wir entlassen Sie nicht. Im Gegenteil: Wir befördern Sie."

In mir wird alles kalt. "Wenn das eine Beförderung ist, dann will ich die sofortige Ernennung ins Direktionskader, eine Verdoppelung meines Lohns und ein Einzelbüro." Dem werden sie nie zustimmen, geizig und elitär wie sie sind.

Ich hätte mir genauso gut mein eigenes Grab schaufeln können. "In Ordnung", sagt der CEO. "Und wenn Sie nun keine Fragen mehr haben, dort ist die Tür."

Ich stehe auf und mache Anstalten zu gehen, da höre ich den Spartenleiter Asset Management mit dem CEO flüstern. "Bist du sicher, dass das eine gute Idee ist?", fragt er.

"Das ist mir egal!" Ein genervtes Schnauben des CEO. "Ich bin es leid, jede Woche einen neuen Protokollführer für unsere GL-Sitzung zu suchen. Ich sage dir schon lange, die dafür geeigneten Angestellten richten sich ihre Termine so ein, dass sie nie verfügbar sind. Er kann wenigstens nicht nein sagen."

Oh ja, die Zukunft sieht wirklich rosig aus.

10.50 Uhr

Ich stehe neben Pavel, dem Leiter IT, auf einem abgelegenen Raucherbalkon und starre ins Leere. Neben mir pafft Pavel stumm seine Zigarette. Er ist ein typischer Host-Informatiker: verwaschene Jeans, die ausgebeulten Taschen mit Brieftasche, Taschentüchern und was auch sonst noch immer vollgestopft, Strickpullover, Birkenstocksandalen, Brille, Mobile in einer Halterung am Gürtel, strähnige, halblange Haare.

Pavel war Assistent an der Uni, als ich mein erstes Semester anfing, und unterhielt dort als System-Administrator die gesamte IT-Infrastruktur. Nachdem ich gelernt hatte, immer windaufwärts von ihm zu stehen – er ist Kettenraucher – wurden wir schnell Freunde. Seit ich die Uni nach meinem Abschluss verliess, ist er mir von Arbeitgeber zu Arbeitgeber gefolgt. Beim ersten schlug ich ihn als Leiter Infrastruktur vor, bei der BuBi AG als Chief Technology Officer.

"Die Server sind kein Problem", sinniert Pavel. "Il Duces Hündchen erkennt einen Fileshare- oder Gameserver nicht, selbst wenn ich ihn direkt davor setze."

Nicht einmal der Gebrauch des firmeninternen Spitznamens des Spartenleiters Inland kann mich aufheitern. "Mein Team …"

"Oh ja, für sie sind die guten Zeiten vorbei. Das kannst du nicht ändern."

"Ich bin ihr Chef. Es ist meine Pflicht, auf sie aufzupassen."

"Du warst ihr Chef." Nachdenkliche Pause. "Vielleicht kann ich versuchen, sie bei mir unterzubringen."

"Vielleicht sollte ich von diesem Balkon springen."

"Vielleicht könntest du aufhören zu jammern?" Pavel zerdrückt seine Zigarette im Aschenbecher, als stelle er sich stattdessen meinen Kopf vor. "Dreh den Spiess um. Spiel das Spiel nach ihren Regeln und zieh sie gleichzeitig durch den Kakao."

"Ich mag keine Anzüge und ich will nicht rund um die Uhr arbeiten."

Pavel sagt, dem Himmel sei Dank, nichts von einer "Chance meines Lebens". Er kratzt sich den Dreitagesbart. "Lass uns mal überlegen, wie wir deine inoffizielle Infrastruktur zügeln."

Und so entwerfen wir den Masterplan.

Dienstag, 11. Januar, 9.13 Uhr

Meine erste GL-Sitzung. Bereits nach fünf Minuten kann ich sagen, dass ich in meinem bisherigen Leben nichts verpasst habe. Wie unschwer zu erkennen ist, befinde ich mich auf der Eingabemaske meines Blogs. Sobald ein wichtiges Stichwort fällt, wechsle ich ins Word und schreibe es ins Protokoll. Die Wahrscheinlichkeit dafür, dass dies in den nächsten zwei Stunden geschieht, ist etwa so gross, wie eine frittierte Maus in einer Chipstüte zu finden.

Gerade wird die Spesenabrechnung einer Assistentin diskutiert. Sie ist zuständig für die Geburtstagsgeschenke. Die werten Herren finden die Bestellspesen für die Karten – immerhin zehn Franken Porto für die Lieferung von 100 Karten – zu hoch. Sie entscheiden, die Assistentin zukünftig zu Fuss loszuschicken.

Danach wird ein Antrag aus dem Marketing besprochen. Die Hauptdiskussion entfällt dabei auf die Formulierung des Antrags. Dieser klinge beim inzwischen dritten Einreichen an die GL vom Tonfall her vorwurfsvoll. Ohne den Inhalt weiter zu besprechen, wird der Antrag zur Neuformulierung zurückgewiesen.

Der CEO bringt das Gespräch auf eine neu überarbeitete Druckbroschüre, in der ihm ein Wort nicht gefällt. Er will zukünftig in den Sign-off-Prozess einbezogen werden und die Broschüre, die bereits in einer Auflage von 10 000 Exemplaren im Offset-Verfahren gedruckt wurde, noch einmal drucken lassen.

Ich überlege, wie MacGyver sich mit Hilfe eines Laptops, eines Stromadapters, einer Packung Papiertaschentücher, drei Knöpfen unbekannter Herkunft, einer Krawatte und einem Stift Lippenpomade wohl umgebracht hätte, ohne dass Umstehende ihn davon hätten abhalten können.

Ach ja, vielleicht sollte ich noch erläutern, wie die ganze Idee mit dem Blog eigentlich entstanden ist.

(Jetzt diskutieren sie doch tatsächlich darüber, dass es schon wieder Probleme mit dem Ausräumen des Geschirrspülers in der Cafeteria gibt.)

Nach dem gestrigen, rabenschwarzen Tag lud mich Pavel auf ein Glas Bier ein. Das heisst, er trank sein Bier und ich trank einen Kombucha. Dabei treffen wir Kollegen von früher, die natürlich nach meinem Befinden fragen.

"Das wäre mal Material für einen Blog", meint plötzlich einer. "Der ganze Bullshit, den wir uns im Office täglich anhören müssen."

Ich verschlucke mich fast an meinem Kombucha. "Ich bin 36 Jahre alt und somit zu einer Zeit geboren, in der man sich noch in ganzen Sätzen ausdrückte. Mir fehlt die Fähigkeit, eine Ladung Hirnrissiges in Abkürzungen wiederzugeben."

Pavel kaut auf einem Zahnstocher. "Wir sind ja auch keine zwanzig mehr und wir sind ganz klar deine Zielgruppe. Ich würde gerne wieder etwas von dir lesen. Aber man darf den Blog auf keinen Fall zu dir tracken können. Du brauchst Pseudonyme für alle. Und du müsstest über eine Website posten, die dir nicht gehört."

"Dann trage ich immer noch das Risiko der Wahrheit", wende ich ein, aber die Idee beginnt mir zu gefallen. Selbst wenn

jemand von der GL den Blog irgendwann einmal liest: Die
Fähigkeit zur Unterscheidung von Selbstwahrnehmung und
Fremdwahrnehmung geht ihnen völlig ab. Das Risiko einer
Entdeckung ist tatsächlich sehr klein.

Als ich kurz nach zehn zu Hause bin, lässt mich die Idee
nicht mehr los. Die grosse Frage ist, wer mich hosten könnte.

Das Problem ist innerhalb weniger Minuten mit drei SMS
gelöst. Um Mitternacht steht eine Wordpress-Website bereit.
Login und Passwort befinden sich in meiner Mailbox.

9.28 Uhr

"Wydmer, hören Sie uns überhaupt zu?"

Ich blicke auf. Fünf Augenpaare schauen mich vorwurfsvoll
an.

"Ich bin ein Mann. Wenn Sie einen multitasking-fähigen
Kommunikationschef wollen, müssen Sie schon eine Frau
anstellen."

"Dann lassen Sie das Protokoll jetzt einmal beiseite. Ich
weiss sowieso nicht, was Sie sich alles aufschreiben. Ihre
Vorgänger haben am Ende immer nur fünf Zeilen abgeliefert."

"Die Qualität dieser fünf Zeilen hängt direkt mit der Qualität
des Ausgangsmaterials zusammen." Ich schliesse den Deckel
meines Laptops. "Lassen Sie mich meinen Job machen. Ich
rede Ihnen auch nicht bei Ihrem drein."

Interessanterweise scheint dieses Alphatier-Geblaffe genau
das richtige zu sein. Der CEO schaut plötzlich wieder
wohlwollend. "Nun denn, Wydmer. Hier kommt Ihre erste

Bewährungsprobe. Sie organisieren eine Management-Klausur. Das gesamte Direktionskader wird sich an einem abgelegenen Ort der Verbesserung unserer Firmenstrategie widmen. Der Termin ist morgen in einer Woche. Sie organisieren alles. Soweit ich weiss, wurde noch nichts gemacht, causa absentiae Ihres Amtsvorgängers. Sie haben freie Hand."

Mittwoch, 12. Januar, 8.11 Uhr

Pavel lehnt in meinem neuen Büro an meinem neuen Schreibtisch und verbreitet abgestandenen Zigarettendunst.

"Ich kann Entwarnung geben bezüglich deinem Nachfolger. Ich habe ihm heute Zugriffs- und Serverlast-Statistiken vorgelegt und er freute sich über die Höhe von beidem, obwohl die Serverlast unverhältnismässig hoch und die Zugriffe lausig sind."

"Er kann lernen."

"Ja, aber vermutlich nur in evolutionären Sprüngen. Bis der den Pferdefuss sieht, ist die Menschheit ausgestorben. Was starrst du so auf dieses Blatt Papier?"

"Wie organisiert man ein Management-Seminar in sieben Tagen inklusive Übernachtungen und Verpflegung für fünfzig Personen?"

"Ich würde mich aufhängen. Du bekommst weder Seminarraum noch Hotel mehr."

Ich habe eine Idee. "Wir sollen doch immer 'out of the box' denken. Dann tun wir das doch. Allerdings solltest du dir bis nächste Woche noch eine Grippe zulegen."

"Weshalb?"

Ich grabe eine ältere Schweizer Tageszeitung aus meinem Unterlagenstapel, der mit mir umgezogen ist. Darin berichtet ein seitenlanger Artikel über das Sterben der Klöster und die neuen Wege zur Aspiranten-Werbung, die die Ordensbrüder einschlagen.

Pavels Gesicht spricht Bände. Erst zeigt es Schreck, dann Berechnung, um danach zu boshafter Freude zu wechseln. "Ich denke, warme Socken und Thermounterwäsche sind eine bessere Idee als die Grippe. Ich hoffe doch schwer, du fragst bei den Franziskanern an?"

"Wo sonst?"

Während ich telefoniere, wird mir mit Dankbarkeit klar, dass Pavel der beste aller Freunde ist. Immer zu Unsinn aufgelegt, würde er sogar mit dem Hund aus einem Napf fressen, wenn man es ihm richtig verkauft.

Der Spass endet jedoch, bevor er begonnen hat. Meine Telefonate bringen ein überraschendes Ergebnis. Ich werde überall mit Nuancen zwischen kühl und frostig abgewiesen. Um meine Enttäuschung zu verarbeiten, grabe ich mich durch die Unterlagen, die mein Vorgänger mir hinterlassen hat.

Ich finde ein kleines schwarzes Buch, eins von diesen trendigen für das zumindest dem Namen nach eine Herde Maulwürfe ins Gras beissen muss. Darin hat mein Vorgänger seine Gedanken vermerkt. Auf der allerersten Seite steht: "Der Sinn eines jeden Tages ist, ihn zu überleben."

Ich blättere zur Seite "Organisation von Management-Seminaren" und stutze. Danach rufe ich meinen Ansprechpartner im Controlling an. Die jahrelangen Kämpfe um das kreative Verbuchen meiner Rechnungen haben uns zusammengeschweisst. Er schaut kurz nach und bestätigt mir das Budget, das ich zur Verfügung habe.

Nach dem Aufhängen starre ich noch lange den Hörer an, die Notizen meines Vorgängers vor Augen: "Du hast das Budget eines Kleinstaats. Denk dir das Grässlichste aus, was dir einfällt, und geniesse."

Donnerstag, 13. Januar, 6.30 Uhr

Ich sitze auf dem Klo mit meinem Smartphone und vertue mir die Zeit damit, mit Vögeln auf Schweine zu schiessen. Da macht es plötzlich "bing" in meinem Kopf.

11.05 Uhr

Die Management-Klausur ist organisiert. Und ich habe ein wohliges Gefühl ums Herz, da ich nicht nur den Hass meiner Kollegen auf mich ziehen werde, sondern offenbar auch noch etwas Gutes getan habe.

Mir ist heute Morgen schlicht und einfach aufgegangen, dass wir in der Schweiz immer noch sehr verwöhnt sind und lieber jammern, als etwas an unserem Schicksal zu ändern. Deshalb dehnte ich meine Anfragen auf die Klöster im Osten Deutschlands aus. Schon beim zweiten werde ich fündig. Der Abt persönlich spricht mit mir. Er ist von meiner Idee so begeistert, dass mir etwas mulmig wird.

"Bitte entschuldigen Sie, Herr Abt, aber habe ich Ihnen gerade meine Seele verkauft?"

Er lacht. "Nein, aber Sie schickt der Himmel. Unsere altehrwürdigen Gebäude verfallen und es ist kein Geld für die Renovation da. Das Geld wird uns erlauben, Material zu kaufen und die wichtigsten Arbeiten zu beginnen."

"Und Ihnen ist bewusst, dass Sie sich dafür drei Tage lang mit arroganten Managern herumschlagen müssen?"

"Drei Tage gehen schnell vorbei, Herr Wydmer. Zumindest für uns."

Pavel unterschreibt die Auftragsbestätigungen für das Kloster und das Busunternehmen gemeinsam mit mir. Während ich sie ins Faxgerät füttere, liest er am Bildschirm das Seminar-Programm, das ich gerade geschrieben habe.

"Mann, Nikki, das ist brillant. Wie kommst du nur auf solchen Unsinn?"

Das Faxgerät rülpst die erste Bestätigung. "Keine Ahnung. Vielleicht, weil ich immer noch gern lese. Du nicht?"

"Ich habe fünf Kinder. Wann komme ich schon zum Lesen!"

Jetzt bin ich doch konsterniert. "So viel Zeit können deine kleinen Biester nun auch nicht beanspruchen. Du treibst dich nächtelang mit mir in virtuellen Verliessen rum."

Pavel hebt den Zeigefinger und setzt seine Dozentenmiene auf. "Computerspiele sind ganz etwas anderes. Diese Zeit ist heilig. – Apropos Verliesse ... Wie wär's mit heute Abend?"

20.50 Uhr

Es gibt Tage, an denen möchte man nach der Arbeit am

liebsten selbst etwas jagen, ausnehmen und braten – mit der Option, sich danach noch in den blutigen Eingeweiden zu wälzen.

Heute ist wieder so ein Tag. Ich habe den ganzen Nachmittag damit verbracht, den CEO auf ein Medienbriefing vorzubereiten. Bei uns Kommunikationsmenschen gibt es eine Regel namens KISS – "keep it simple and stupid". Also sprich so, dass auch der dümmste anzunehmende Zuhörer dich verstehen kann.

Dummerweise versteht das unser CEO nicht. Für ihn müsste die Anweisung lauten: "Keep it simple, stupid!" Er ist einer jener mathematisch brillanten Theoretiker, die man am besten in den Elfenbeinturm einschliesst, inklusive darauffolgendem Wegwerfen des Schlüssels.

Als ich ihm zum hundertsten Mal den "gleitenden Mittelwert" korrigiere, schaut er wie ein beleidigtes Kind.

"Nein, der Ausdruck ist zu komplex für die Zuhörer. Sprechen Sie von einem Trend."

"Ich gehe davon aus, dass nicht alle Zuhörer so ungebildet sind wie Sie", faucht er.

Ich möchte ihn erwürgen. "Gleitende Mittelwerte verringern die Variationen in einer Datenreihe und werden deshalb meist verwendet, um Zeitreihen zu glätten", schnarre ich die Definition herunter.

"Hören Sie auf anzugeben!", faucht der CEO. "Und tun Sie endlich Ihre Arbeit."

Ich verbringe den Rest des Arbeitstages damit, ihn nicht zu erwürgen.

Als ich endlich nach Hause komme, setze ich mich mit einer Kartonbox Take-away vom Chinesen vor den Computer und starte mein bevorzugtes Computerspiel, das inzwischen mehr als zehn Jahre alt ist (also für die heutige App-Generation aus der Computersteinzeit stammt). Man nimmt die Rolle eines Helden oder einer Heldin ein und geht dann Monster killen. Im Barbie-Stil kann man seinen Avatar mit allerlei magischen Rüstungen und Waffen einkleiden.

Pavel ist schon online. Wie fast jeden Abend heisst sein Spiel "P_hack". Heute hat er die endlosen Sümpfe mit kleinen bösartigen Voodoo-Püppchen als Ausgangspunkt gewählt.

Über den Chat finden wir uns schnell, aber heute nervt mich Pavel zu Tode. Er hat die Angewohnheit, jeden Stein, unter dem sich etwas verbergen könnte, umzudrehen. Er öffnet jede Schatzkiste und sucht das ganze Gebiet ab. Ist man mit ihm unterwegs, kommt man nicht einmal im Schneckentempo voran.

Ich fordere ihn zum Duell auf.

"Geh ins Fitnessstudio oder mach einhundert Liegestützen!", chattet er zurück. "Ich riskier doch nicht, dass du mich umbringst und mir ein Ohr klaust."

Ich verlasse das Game und finde ein anderes, das "duell-kill" heisst. Nach fünf Siegen geht es mir besser. Die Ohren meiner Gegner lasse ich allerdings liegen.

Woche 2

Meine zweite GL-Sitzung erscheint mir noch schlimmer als die erste. Heute ist Tommy Bum Bum da, der Leiter strategische Entwicklung England. Er ist einer jener Oberschicht-Engländer, die genau wissen, wann sie nach unten treten können und wann sie sich vorbeugen müssen to be f***. Das einzige, was ihn vom Rest der Brut abhebt, ist der Umstand, dass er sich irgendwann einmal bequemt hat, Deutsch zu lernen. Das heisst, er sagt dir nicht nur, wie beschissen dein Englisch ist. Er kann es sogar auf Deutsch tun.

"Hallo, Nitwit", sagt er zu mir. "Die GL muss ja wirklich verzweifelt gewesen sein, wenn sie ausgerechnet dich befördern."

Ich versuche, gelassen zu bleiben. "Nitwit" heisst Schwachkopf, lässt sich mit etwas Fantasie aus meinen Vor- und Nachnamen bauen, und TBB findet es furchtbar lustig, mich vor Zuhörern so zu nennen.

"Die gestrige Sauftour ist offenbar kein Erfolg gewesen", gebe ich zurück. "Liess sie dich nicht mit nach oben kommen, um ihre Briefmarkensammlung anzusehen? Wobei, du bist ja ein Engländer. Liess er oder sie dich ...?"

Der CEO räuspert sich pointiert. TBB erdolcht mich mit Blicken.

Die GL-Sitzung beginnt. TBB berichtet über die Fortschritte in England. Die Dichte der Bullshit-Bingo-Begriffe in einem Satz ist besonders bemerkenswert: "Unsere Stossrichtung hat sich im Markt etabliert und erste Etappenerfolge sind absehbar. Wir haben ganz klar unsere Duftmarke gesetzt." Bei der letzten Aussage muss ich an einen Skunk denken, der gerade eine Stinkbombe absetzt.

Die GL ist mit dem Bericht zufrieden. Ich notiere mir für das Protokoll: "Keine nennenswerten Fortschritte in England. Die Marktentwicklung kommt nicht vom Fleck."

Während der verbleibenden zwei Sitzungsstunden versuche ich, nicht ins Koma zu fallen.

Mittwoch, 19. Januar, 6.30 Uhr

Wir fahren ab vom Busparkplatz Zürich hinter dem Landesmuseum. Ich verteile die Programme für die Management-Klausur. Rot geäderte, übermüdete Augen starren mich böse an. Der Titel der Konferenz lautet "Durch Stille zur Innovation".

Die Aufgabe der Teilnehmer während der Fahrt ist es, alle Bereiche zu vermerken, in denen sie sich Innovationen wünschen und dann konkrete Vorschläge aufzuschreiben.

Als wir den Grenzübergang St. Margrethen passieren, beginnt es zu schneien. Ich habe mich auf der hintersten

Polsterbank des Busses zusammengerollt, mache mir Notizen auf einem Block und schaue dann und wann aus dem Rückfenster des Busses, auf dem sich der dreckige Schneematsch sammelt. Über die In-ear-Kopfhörer höre ich eine meiner Lieblings-CDs. Der Effekt ist sehr friedlich, vor allem, weil ich das Murren meiner Mitfahrer nicht hören muss.

Eine Stunde vor der Ankunft im Kloster gebe ich den Plan durch. Alle haben jetzt noch eine Stunde Zeit, mit ihren Lieben zu Hause zu telefonieren und ihnen die Notfall-Nummer des Klosters durchzugeben. Danach kommen alle modernen Kommunikationsmittel zu mir in die Verwahrung.

Als der Leiter Controlling mir die angeschriebene Zipperbag mit seinem Mobile reicht, sagt er nur: "Ich hoffe, Sie wissen, dass Ihr Leben verwirkt ist."

"Verkorkst ja, verwirkt nicht", gebe ich zurück. Weiter hinten sehe ich Pavel, der so tut, als würde er in den Fussraum zwischen den Sesselreihen kotzen.

Der Abt des Klosters begrüsst mich wie einen alten Freund. Er ist einer jener Menschen, die eine tiefe Ruhe und Heiterkeit ausstrahlen. Als ich meinen Direktionskollegen die Regeln des Aufenthalts verkünde, nimmt das Murren eine neue Lautstärke an. Der Abt neben mir verzieht keine Miene.

Alle werden in Kutten gekleidet, sogar die wenigen Direktorinnen, die die BuBi AG hat. Ab sofort bis am Freitagmorgen herrscht Sprechverbot. Die Teilnehmer haben die Aufgabe, in sich zu gehen und über Veränderungen nachzudenken, während sie ab sofort am Tagesablauf der Mönche teilnehmen.

Konkret heisst dies, morgens um 6 Uhr eine Stunde Kontemplation, danach das Morgengebet Laudes und die

Messe. Um 12 Uhr das Mittagsgebet Sext. Um 18 Uhr dann Vesper, das Abendgebet. Den Abend verbringt man in stiller Gemeinschaft beim Lesen.

Tommy Bum Bum ist bereits knallrot im Gesicht, als würde er demnächst einen Schlaganfall erleiden.

Wir beziehen unsere Zimmer, danach erhalten wir ein einfaches, verspätetes Mittagessen aus Suppe und Brot und Wasser.

Um drei Uhr nachmittags wandle ich im gotischen Kreuzgang des Klosters und beobachte, wie der Schnee auf das winterliche Gras fällt. Ich habe mich noch nie an einem Ort so schnell so wohl gefühlt. Mein Frieden wird nur hin und wieder von Direktionskollegen gestört, die mir vielsagende Blicke zuwerfen und den Daumen demonstrativ quer über den Hals ziehen.

TBB bricht die Regeln und zischt mir zu, ich sei tot. Ein Räuspern eines richtigen Mönchs verscheucht ihn.

Das Abendgebet und das stille Beisammensein haben eine zutiefst beruhigende Wirkung auf mich. Ich schlafe tief und fest und vermisse nicht einmal meinen Computer.

Donnerstag, 20. Januar, Mittagszeit

Es ist interessant zu beobachten, wie die Stille auf die einzelnen Teilnehmer der Klausur wirkt. Die ersten sind bereit, aus der Haut zu fahren. Die Alkis, die keinen persönlichen Vorrat mitführen, darunter Tommy Bum Bum, zeigen Entzugserscheinungen. Andere, die ich noch nie ruhig erlebt habe, lächeln plötzlich entspannt.

Das Kloster liegt auf einem Hügel im inzwischen tief verschneiten Niemandsland. Es gibt weit und breit kein Haus, geschweige denn eine Wirtschaft. Niemand kann mal kurz verschwinden. Ich hätte es nicht besser planen können.

Die Mönche haben sich ihren Platz optimal mit uns aufgeteilt. Wir sind im äusseren Teil der prachtvollen barocken Anlage. Begegnungszonen sind der Kreuzgang, die Kirche und die Gemeinschaftsräume. Werden wir ihnen zu viel, können sich die Brüder in die inneren Räumlichkeiten zurückziehen, zu denen wir keinen Zutritt haben.

Am Nachmittag kommt es zu den ersten Prügeleien. Unser Schlichtungsprinzip ist einfach. Wir packen die Übeltäter, schleppen sie zum Kreuzgang und werfen sie in den Schnee des Innenhofs. Nur als zwei unserer Damen aneinandergeraten, sind alle zuerst etwas ratlos, bis Pavel und ich uns an das Prinzip der Gleichberechtigung erinnern. Die Damen fressen Schnee und kreischen.

Um zehn Uhr nachts liegen alle ausser mir bereits im Bett. Ich sitze in einem Fensterbogen des Kreuzgangs und schaue zum Himmel auf, wo abertausende an Sternen leuchten. Es ist bitterkalt, doch die Kutte gibt erstaunlich warm und ich habe eine grosse Daunenweste darüber gezogen. Die Stille ist so tief, dass ich meinen eigenen Herzschlag höre.

Ich denke über mein Leben nach, das, was schiefgelaufen ist. Eine Bewegung neben mir lässt mich aufschrecken. Schweigend setzt sich der Abt neben mich und schaut auch zu den Sternen auf. Wie ich hat er die Arme in den weiten Ärmeln der Kutte gefaltet. An den Füssen trägt er schwarze Moonboots, was irgendwie lustig aussieht.

Wir sitzen stumm eine Stunde lang da und ich frage mich, wann ich das letzte Mal einen Sternenhimmel gesehen habe.

Es ist sehr lange her.

Als die Uhr der Kirche elf schlägt, erhebt sich der Abt schweigend und legt mir zum Abschied kurz die Hand auf die Schulter. Ich bleibe noch lange sitzen.

Freitag, 21. Januar, 8.25 Uhr

Die Schweigezeit ist vorbei. Beim Frühstück sieht man zwei Reaktionen. Die Grossmäuler haben sich ans Ende der langen Tische, möglichst weit weg von den Mönchen, gesetzt und sind lautstark am Debattieren. Die zweite Gruppe, und dazu gehöre ich, hält weiterhin mehrheitlich das Schweigen. Pavel sitzt neben mir und mampft sich mit Gusto durch seine Schale Griessbrei mit Kompott.

Florian Oberli, der Leiter Derivate, klettert mir gegenüber auf die Bank, einen Teller mit Brot und Konfitüre und eine Tasse Milch balancierend.

Er hat mir bei der Planung des Events einiges Kopfzerbrechen bereitet. Fast alle Direktionsmitglieder – auch die Frauen – sind Wildsäue, gehören also zu jenem Typ Manager, der auch mal sturzbesoffen eine Winternacht im Strassengraben überlebt. Der Leiter Derivate jedoch ist ein zartes, bleiches Männlein, das aussieht, als wäre es schon im Anzug auf die Welt gekommen. Erstaunlicherweise ist jedoch gerade er in diesem Umfeld aufgeblüht und sieht fast gesund aus.

"Im Hinblick darauf, dass du die nächsten Stunden kaum überleben wirst, sage ich es dir jetzt, Nik: Das hier ist die genialste Idee, die jemals jemand hatte", sagt er plötzlich. Die Köpfe einiger Mönche drehen sich in unsere Richtung.

"Danke, Florian." Das Lob tut mir gut.

"Wer hätte gedacht, dass dies in unserem ehemaligen Leiter Online steckt", flachst Pavel.

Um neun beginnt die Klausursitzung. Einige Teilnehmer erscheinen demonstrativ ohne Kutten. Der CEO schickt sie fort mit dem Auftrag, korrekt gekleidet zurückzukehren. Das Murren nimmt zu.

"Nun denn!", eröffnet er um 9.15 Uhr die Sitzung, nachdem Froggy, der Leiter strategische Entwicklung Frankreich, eine Ehrenrunde gedreht hat, weil er auch beim zweiten Mal ohne Kutte aufgetaucht ist. "Ihre Ideen, meine Herren. Wo haben wir Innovationspotential? – Wydmer, Sie gehen ans Flip-Chart."

"Ich postuliere, den Leiter Kommunikation zum Teufel zu jagen!", schreit Tommy Bum Bum.

Froggy, sein Saufkumpan, bläst ins gleiche Rohr. "Genau, per sofort."

Der CEO schaut die beiden über den Rand seiner Lesebrille hinweg an. "Konstruktive Vorschläge, meine Herren, keine persönlichen Animositäten."

"Ich würde mir wünschen, dass ein stärkerer Kundenfokus in dieser Firma gelebt wird", sagt Florian Oberli, der Leiter Derivate.

"Bitte erläutern Sie." Der CEO faltet die Hände in einer Geste des geduldigen Zuhörens.

"In dieser Firma ziehen wir nie den Hut des Kunden an. Wir machen immer, was uns nutzt, und das geht oft am Bedürfnis des Kunden vorbei. Ich muss immer Derivate entwerfen, über die wir dieses oder jenes unserer Marktrisikos hedgen, und die wir dem Kunden dann unterjubeln. Besser wäre es, wenn wir dem Kunden ein interessantes Produkt mit einer vernünftigen Chance auf Gewinn anbieten und uns dafür gut bezahlen lassen."

Lucius Duca, der Spartenleiter Inland, verdreht die Augen. "Das sind Utopien. Wir wissen, was für den Kunden gut ist. Der Kunde hat keine Ahnung."

Sebastian Streuli, der Leiter Fonds, hüstelt. "Das sollte ich mal einem unserer Institutionellen Kunden sagen."

"Eure Produkte sind sowieso Scheisse. Die kann ich nicht verkaufen." Tommy Bum Bum verschränkt die Arme vor der Brust.

Die Diskussion wird lebhaft. Und je lebhafter sie wird, desto mehr sinkt das Niveau.

Als es einen Moment still wird, weil alle Luft holen müssen, übernehme ich das Wort.

"Zusammenfassend lässt sich das Folgende sagen: Unsere Customer Orientation ist mangelhaft. Wir generieren zu wenig Added Value für den Kunden, wobei diese Added Value in Synergie zu unserem eigenen Nutzen stehen soll. Es fehlt generell ein Benchmark zur Messung der Kundenorientierung. Im gesamten Change-Management-Prozess muss zudem die Time to Market unserer Produkte Berücksichtigung finden, die im Moment immer noch langsamer als die unserer Konkurrenz ist."

Der CEO schaut mich einen Moment lang an, als hätte ich Hörner auf dem Kopf. Dann erhellt sich sein Gesicht. "Genau! Damit ist das Thema abgeschlossen. Wer hat den nächsten Input?"

"Aber ich habe doch nur das Problem zusammengefasst!", wende ich ein. Merkt die ganze Bande denn nicht, dass ich mich gerade über sie lustig gemacht habe?

Der CEO wedelt mit der Hand. "Wir sind alles erwachsene Menschen, Wydmer. Die einzelnen Vertreter des Direktionskaders werden, nun da das Problem erkannt ist, die Lösung in ihren Bereichen selbständig erarbeiten und umsetzen können."

Ich starre ihn an, dann geht mein Blick zu Pavel, der aussieht, als hätte er gerade einen Giftfrosch gegessen. Ich schaue wieder den CEO an und erinnere mich an ein Zitat aus einem Don-Camillo-Film oder -Buch: "Oh Herr, bitte lass mich nicht werden wie dieser da."

Samstag, 22. Januar, 14 Uhr

Die Koffer sind gepackt. Wir sind bereit zum Abfahren. Ich gehe noch einmal in den Kreuzgang.

Ich habe wieder einen grossen Teil der vergangenen Nacht hier verbracht und dem Schnee beim Fallen zugeschaut. Pavel war eine Zeitlang da, Florian schaute vorbei und dann hatte ich noch eine seltsame Unterhaltung mit einer Direktorin, die mich – so erschien es mir zumindest – abschleppen wollte. Später sah ich sie dann mit TBB verschwinden.

Der Abt tritt neben mich. "Sie sind wieder hier", sagt er.

Ich nicke.

"Ich hoffe, dass Sie bald finden, was Sie suchen."

Die Bemerkung erstaunt mich. "Wir haben kein persönliches Wort miteinander gesprochen."

Er lächelt und wechselt das Thema. "Die Management-Klausur war eine interessante Erfahrung, auch für uns. Sind alle Firmen so wie die Ihre?"

"Ich hoffe nicht", erwidere ich düster und denke zurück an meine früheren Stellen. "Nein, ganz sicher nicht." Ich muss das glauben, sonst sehe ich keinen Sinn mehr in diesem Leben.

Der Abt schaut zur Tür, durch die TBB und die Direktorin in der vergangenen Nacht verschwanden. "Das Liebespaar in der Küche war etwas ... ungeschickt, aber ich denke, sie werden es sich zukünftig zweimal überlegen. Bruder Tobias mit seinem Tranchiermesser ist eine beeindruckende Erfahrung."

"Das war kein Liebespaar. Das war ..." Ich erinnere mich rechtzeitig daran, mit wem ich spreche. "Liebe war da ganz sicher nicht im Spiel."

Der Abt nickt und wendet sich mir zu. Er reicht mir die Hand. "Auf Wiedersehen, Herr Wydmer. Falls Sie wieder einmal herkommen möchten, Sie sind hier herzlich willkommen als unser Gast."

Dies ist der letzte erfreuliche Moment an diesem Tag.

Als wir draussen auf dem Parkplatz warten, dass der Bus vorfährt, stürzt plötzlich TBB herbei. Die dreieinhalb Tage Alkoholentzug und das geplatzte Schäferstündchen scheinen ihn an den Rand des Wahnsinns gebracht zu haben. Er reisst mich an der Schulter herum und schlägt mir die Faust mitten ins Gesicht. "You fucking asshole! Pull another stunt like this ..."

Der zweite Schlag kommt, als ich zurücktorkle, und ich höre einen Zahn knacken. Das ist der Moment, in dem etwas in mir umschaltet. Meine Zähne sind mir heilig.

Während der Schule und der Universität bis in die ersten
Jahre im Berufsleben trainierte ich Kampfsport und ein Teil
der erlernten Abwehrreaktionen ist immer noch vorhanden.
Als TBB weiter auf mich eindringt, trete ich ihn instinktiv in
den Solarplexus. Er fällt in sich zusammen wie ein ge-
sprengtes Hochhaus.

Auf der Rückreise machen wir einen ungeplanten Zwischenstopp im nächsten Spital, wo TBB und ich versorgt werden,
während ein Teil der Klausur-Teilnehmer sich wie Verdurs-
tende in die nächste Weinbar stürzt und die verpassten
Promille nachschiebt. Der andere Teil geht shoppen. Pavel
sitzt bei mir und schaut der Ärztin zu, wie sie meine angeknackste Nase behandelt. Den Zähnen ist zum Glück nichts
passiert.

"Übermorgen flagge ich den Kerl", grollt Pavel leise vor sich
hin. Er meint damit, dass er TBBs Bewegungen in den Computersystemen der Firma verfolgen und beobachten wird.

"Das darfst du nicht", erwidere ich, als die Ärztin kurz
draussen ist. Mit der zugeschwollenen Nase klinge ich wie
ein verschnupfter Ameisenbär. "Du weisst, das ist eine
Datenschutzverletzung."

"Wir wissen beide, dass der Kerl Dreck am Stecken hat und
Firmengelder abzweigt. Wenn wir es richtig machen, müssen
wir das Flag nie bekanntgeben."

Nach zwei Stunden geht die Fahrt weiter. Ich habe Tommy
drei Rippen gebrochen, was mir eine gewisse boshafte
Befriedigung gibt.

In St. Gallen machen wir noch einmal einen ungeplanten

Zwischenstopp in einem Spital. Irgendjemand hat TBB mit Alkohol versorgt, was ihn zusammen mit dem starken Schmerzmittel in einen Komarausch gesandt hat.

Es ist nach Mitternacht, als wir endlich wieder in Zürich ankommen.

Woche 3

Montag, 24. Januar, 8.15 Uhr

TBB und ich stehen wie erwischte Schulbuben vor dem CEO. Er hält uns einen Wisch Papier hin.

"Unterschreiben Sie das!", bellt er.

"Und was ist das?", fragt TBB aufmüpfig.

"Eine Verzichtserklärung, dass Sie sich gegenseitig nicht belangen werden."

"Moment mal, der Kerl hat mich angegriffen!", werfe ich verärgert ein. Ich klinge immer noch wie ein verschnupfter Nasenbär, obwohl die Schwellung etwas zurückgegangen ist.

"Er wird sich dafür auch bei Ihnen entschuldigen."

"Ach ja, werde ich?"

"Ja, das werden Sie." Der CEO starrt TBB so lange an, bis dieser wegschaut.

Ich mache derweil eine einfache Rechnung. TBB stammt aus einer steinreichen Familie. Mir geht es gut, aber mit ihm kann ich nicht mithalten. Wenn ich ihn vor Gericht ziehe, kann er um Jahre länger durchhalten als ich. Zudem machen sich eine solche Klage und auch die Schlägerei sehr schlecht im Lebenslauf.

"Ich unterschreibe, wenn er zuerst unterschreibt", sage ich. So geschieht es dann auch.

TBB hält mir die Hand hin. "I am sorry." Sein Gesichtsausdruck sagt etwas ganz anderes.

"Mir tut es auch leid." Ich nehme die dargebotene Hand. Der Händedruck dauert keine halbe Sekunde.

Wir nicken dem CEO zu und wollen gehen. Ich bemerke mit Schadenfreude, dass TBB sehr steif und ungelenk läuft.

"Wydmer!", ruft der CEO mich zurück.

"Ja?" Die Tür schliesst sich laut hinter Tommy Bum Bum.

"Hören Sie auf, ihn zu reizen."

"Sie meinen, ich soll ihm auch noch die andere Wange hinhalten, wenn er wieder zuschlägt?"

"Ja. Immerhin holt sein Bereich Geld herein und Sie kosten nur."

Der CEO weiss ganz genau, dass der englische Markt noch stark defizitär ist. Ich warte und lasse ihn nicht aus den Augen.

"Ich rate Ihnen dringend, an Ihrem Temperament zu arbeiten. Hier." Er hält mir einen Umschlag hin.

"Und was soll das sein?"

"Ein Jahresabo in einem Yogastudio, gültig ab dem 1. Februar, damit Ihre Nase noch etwas Zeit hat zu heilen."

Ich betrachte den Umschlag verständnislos.

"Es handelt sich um ein stadtbekanntes, ziemlich teures Yogastudio. Arbeiten Sie an sich und gewöhnen Sie sich daran, dass es immer so sein wird. Sie können nicht gewinnen."

Ich öffne in den Briefumschlag. Das Abo hat den Wert eines kleinen Bonus. Und im Gesicht des CEOs spiegelt sich fast so etwas wie mitfühlendes Verständnis.

Ich nicke. "Danke." Als ich gehe, ziehe ich die Tür leise ins Schloss.

10.53 Uhr

Ich schaue Pavel über die Schulter, wie er die Flags in den Computersystemen anbringt. Es ist mehr als ein Hack dabei.

"Du weisst, was du tust?"

"Klar. Und mach dir keine Sorgen. Ausser mir kann niemand hier mehr so programmieren. Die anderen sind alle Wirtschaftsinformatiker von der Uni. Da kannst du von Glück reden, wenn sie überhaupt coden können."

"Und wenn doch etwas passiert?"

Pavel zuckt die Schultern. "Dann werde ich Hausmann und meine Frau ist für unseren Lebensunterhalt zuständig. Als Anwältin verdient sie bereits mit ihrem heutigen Teilzeitpensum mehr als ich. Oder diesmal gehe ich zu unserer nächsten Firma voraus."

Ich bin immer noch nicht überzeugt, kann aber mit seiner Entscheidung leben. Mir fällt plötzlich etwas auf. "Du rauchst ja gar nicht mehr." Er riecht zwar noch immer nicht nach Rosen, aber der Gestank abgestandener Aschenbecher ist weg.

"Ich habe im Kloster aufgehört. Meine Frau und meine Kinder wollten es schon lange."

Und für seine Familie tut Pavel alles. "Was machst du jetzt mit all der freigewordenen Arbeits- und Freizeit?", spotte ich.

Pavel bleibt ernst. "Ich habe mir überlegt, dass wir ein gemeinsames Projekt aufziehen könnten. Eine App programmieren, oder was weiss ich. Der Job hier ist so stupide, dass meine Fähigkeiten einrosten."

Die Idee gefällt mir. "Wie fangen wir es an?"

"Lass uns mal ein Brainstorming machen."

Wir bemerken beide gleichzeitig, dass er gerade einen astreinen Bullshit-Bingo-Begriff verwendet hat.

"Wir könnten die Ideengenerierung mittels einer Mind Map anregen", nehme ich das Spiel auf.

"Um daraus die beste Strategie abzuleiten", legt er nach.

"So definieren wir die Road ahead."

"Und kommen am Ende des Tages zum besten Entscheid."

"Bingo!", sage ich. Wir lachen los. Meine Nase tut dabei ziemlich weh.

12.50 Uhr

Mein ehemaliges Team findet es "Voll cool!", dass ich mich geprügelt und erst noch gewonnen habe. Wahrscheinlich spielt dabei ein Sesselfurzer-Minderwertigkeitskomplex mit. Und weil der neue Chef ausser Haus ist, machen wir Take-away und essen unseren indischen Lunch am Besprechungs-tisch im Online-Büro. Bald stinkt das ganze Dachgeschoss nach Zwiebeln und Tandoori.

Bei unseren Gesprächen merke ich, wie sehr sie mich vermissen. Offenbar war ich ein ganz ordentlicher Chef. Der erste hat schon gekündigt und wird bald gehen. Die anderen beiden haben gute Angebote und sind in der Entscheidungs-phase. Während der Management-Klausur haben sie die unautorisierten Server zu Pavel gezügelt. Bald ist das ganze Office so sauber, als hätte die CIA darin aufgeräumt und alles Interessante ins Area 51 gebracht.

Als wir die Runde auflösen, bin ich traurig. Ich habe viel Zeit und Herzblut darin investiert, gute Leute für diesen Job zu finden und ein gutes Team aufzubauen. Nun, nur zwei Wochen nach meiner Ernennung, ist diese ganze Arbeit vernichtet. Der Wissensverlust für das Unternehmen wird gross sein.

Aber seltsamerweise spielt das nie eine Rolle. Hätte ich bei der GL das Argument gebracht, dass meine Ernennung die Abwanderung meiner Leute nach sich zieht, hätte der CEO nur gesagt: "Sollen sie doch gehen. Wenn sie nicht wand-lungsfähig sind, passen sie sowieso nicht zu uns." All die ausgezeichnete Arbeit, die meine Leute geleistet haben und die auch in Zukunft geleistet werden müsste, ist irrelevant.

Seltsamerweise denkt auch niemand je darüber nach, was diese Wechsel kosten. Und seltsamerweise geht es immer

38

irgendwie weiter.

Am Nachmittag bereite ich die morgige GL-Sitzung vor. Da zeigt mir das Alert-Fenster plötzlich eine neue Mail an. Ich rufe sie auf. Sie ist vom Spartenleiter Support und Logistik.

> Von: Thomas Tanner (15.43 Uhr)
> An: Alle Mitarbeitenden Standort Schweiz
>
> **Re: Neue Leiterin Marketing**
>
> Wir freuen uns, dass wir eine qualifizierte Spezialistin für die BuBi AG gewinnen konnten. Artesia Müller übernimmt per sofort als Leiterin Marketing. Frau Müller zählt weitreichende Erfahrung in den Bereichen Marketing und Public Relations zu ihren Qualifikationen. Zudem arbeitet Frau Müller in ihrer Freizeit als Künstlerin.
>
> Wir heissen Frau Müller herzlich willkommen und wünschen ihr einen guten Start.
>
> Thomas Tanner
> Spartenleiter Support und Logistik

Kein Wunder rumort es schon den ganzen Tag im Büro neben mir. Der Raum wird offenbar sandgestrahlt.

Mein Telefon klingelt.

"Schau die Dame mal im Internet nach", sagt Pavel mit Grabesstimme.

Ich finde ihre Künstlerseite. Die Galerie erklärt Pavels Reaktion.

"Wie würdest du ihren Stil beschreiben?"

Ich schaue mir die Abbildungen der Skulpturen an. "Was mein Hund kürzlich von draussen anschleppte?"

"Ich dachte an: Mein Kaninchen nach zwei Monaten Verwesung."

Ich klicke mich weiter durch. "Ihr Leben scheint auf jeden Fall eine düstere Wendung genommen zu haben. Sie arbeitet heute ausschliesslich in Schwarz."

"Das sind ja ausgezeichnete Aussichten für unsere Firma!" Ohne Gruss hängt Pavel auf.

Dienstag, 25. Januar, 8.55 Uhr

Ich bin immer etwas zu früh im Sitzungszimmer anwesend, falls die Damen vom Empfang es nicht schaffen, den Beamer einzustellen oder falls noch Spuren früherer Sitzungen vorhanden sind, die beseitigt werden müssen.

Heute ist alles in Ordnung, und ich stehe in der hintersten Ecke des Zimmers am Fenster, von wo aus ich einen schönen Blick auf die Umgebung habe und die Berge und ein klein wenig See sehen kann, während ich über das Mobile meine Voice Mails abrufe.

Als ich jemanden an der Tür höre, drehe ich mich um und sehe Lucius Duca und Thomas Tanner, die sich gegenüberstehen und drohend fixieren. Tanner wippt auf den Fussballen auf und ab. Er ist etwas kleiner als Duca und sich der Tatsache sehr bewusst.

Ich drehe mich rasch wieder weg, achte aber auf jedes Wort.

40

"Setz dich noch einmal über meine Entscheidung hinweg und du hast den grössten Ärger der Welt", faucht Tanner.

"Es ist auch meine Entscheidung. Ich bringe die meisten Assets in dieser Firma. Dein Marketing arbeitet hauptsächlich für mich, weshalb ich bei der Besetzung der Leitung mitentscheide."

"In deinen Träumen. Ich habe einen firmenweiten Auftrag und darin ist jede Sparte gleichberechtigt. Was fällt dir ein, einfach so zum CEO zu gehen und ihm die Ernennung als fertige Tatsache zu präsentieren? Dazu noch von einer Frau, deren einzige Marketingleistung aus zwei Anlässen und einem lausigen Artikel besteht!"

"Sie ist publikumswirksam und ..." Das Gespräch bricht plötzlich ab. Ich spüre ein Kribbeln meinem Nacken.

"Wydmer. Ich hoffe, Sie hatten Spass an der Darbietung!", sagt Duca schneidend.

Ich reagiere nicht.

"Wydmer!"

Duca kommt zu mir und zieht mich am Arm herum. Da erst sieht er, dass ich beide Stöpsel meiner Ohrhörer drin habe. Ich tue so, als würde ich bei seinem Anblick erschrecken, ziehe die Stöpsel raus und schaue zum Tisch. "Hat die Sitzung schon begonnen?"

"Nein." Ducas Gesicht wird zur üblichen glatten Maske. "Bitte entschuldigen Sie. Ich wollte Sie nicht erschrecken. Können Sie bitte beim Empfang nachfragen, ob sie das WLAN einschalten können? Ich möchte meinen Kollegen etwas im Internet zeigen."

Ich nicke. "Natürlich."

Als ich an Tanner vorbeigehe, zieht der eine Braue hoch.

Die GL-Sitzung beginnt mit einem Lob des CEOs für die Management-Klausur. Er dankt mir für die perfekte Organisation. "Der Event war allerdings ein wenig brav, Wydmer. Bitte überlegen Sie das nächste Mal, wie Sie etwas mehr Pepp in diese für uns sehr wichtigen Tage bringen können."

Ich denke an meine Nase, die genügend Pepp erlebt hat, und nicke stumm.

Er raschelt mit dem Protokoll der Klausur, das ich geschrieben habe. "Wir haben während der Klausur neun Themenkreise identifiziert, die der Innovation bedürfen. Es wird nötig sein, dass die verschiedenen Sparten unserer Firma für die Umsetzung sehr eng zusammenarbeiten. Aus diesem Grund schlage ich vor, dass wir während der nächsten zwölf Monate monatliche Teambildungsevents für uns und unser Direktionskader durchführen. Die Events werden jeweils auf den letzten Freitag des Monats gelegt. Die Heimreise findet am Samstagmorgen statt."

Die anderen GL-Mitglieder wirken, als hätten sie in eine saure Zitrone gebissen.

"Irgendwelche Einwände?", fragt der CEO.

"Ist der Wechsel von jährlich auf monatlich nicht etwas sehr ambitiös?"

Der CEO fixiert Lucius Duca. "Kannst du mir per sofort so viele Net New Assets bringen, dass wir beim Marktdurchschnitt zu liegen kommen?" Mit "Net New Assets" bezeichnet er die Kundengelder, die wir in diesem Monat unter dem

Strich hinzugewonnen (oder, bei negativem Vorzeichen, eben auch verloren) haben.

Lucius Duca stutzt. "Nein, natürlich nicht. Du weisst, dass unsere Firma mit Abflüssen kämpft und wir unser Möglichstes tun, diese einzudämmen."

"Dann sind die Teambildungsevents dringend nötig."

Duca schwenkt ein. Die anderen ziehen mit.

"Also, Wydmer. Sie haben Ihren Auftrag. Und denken Sie daran: Seien Sie frech. Challengen Sie uns."

Ich frage mich, ob es bereits ein Buch "Teambildung für Minderbegabte" gibt. Falls nicht, bin ich nach diesem Jahr ein geeigneter Kandidat für die Autorenschaft.

Die GL-Sitzung schleppt sich dahin. Ich sammle erste Ideen für die Events auf meinem Laptop. Manche können wahrscheinlich nicht umgesetzt werden, so wie die ganze Bande zum Mond zu schiessen. Plötzlich sendet mir Pavel eine Instant Message.

(MiP und WyN sind übrigens unsere firmeninternen Kurzzeichen, die sich aus den ersten beiden Buchstaben unseres Nachnamens und der Initiale unseres Vornamens zusammensetzen. Wobei wir es noch gut getroffen haben. Ich habe auch schon SeX, AdS und KoT gesehen.)

mip@wyn (10.05 Uhr) A. Müller da. Bohnenstroh!

wyn@mip (10.06 Uhr) So schlimm?

mip@wyn (10.08 Uhr) Ich habe durch ihre Nasenlöcher gesehen. Nichts da. Purste Twilight Zone.

Wenig später wird mit einem kurzen Klopfen die Tür geöffnet und eine Frau steht im Raum, Typ langes Elend, leidlich gutaussehend, wenn auch mit einem Touch Pferdegesicht.

"Guten Tag miteinander", säuselt sie mit einer bekifften Telefonsexstimme. "Als ich gehört habe, dass Sie gerade Sitzung haben, erkannte ich, dass dies der ideale Moment ist, mich kurz vorzustellen. Ich bin Artesia Müller." Sie streckt die Hand aus und kommt auf mich zu.

Ich schaue den CEO an. Er erhebt sich. "Nun, Frau Müller. Diese Sitzung ist eigentlich vertraulich, aber da Sie schon einmal hier sind, bringen wir es hinter uns. Ich bin Stefan Leuli, der CEO." Er offeriert ihr nicht die Hand.

"Es freut mich, dich kennenzulernen, Stefan", sagt sie und lächelt dämlich. Sie wendet sich wieder mir zu. Der CEO ist inzwischen puterrot im Gesicht.

Der Spartenleiter Asset Management steht auf. "Romano Scarpetta. Sehr erfreut."

"Scarpetta heisst kleiner Schuh ..." Sie wendet sich wieder mir zu. Ich bin am Überlegen, ob ich unter den Tisch tauchen soll.

Lucius Duca kommt um den Tisch herum, umarmt die Frau und gibt ihr drei Küsschen. "Artesia. Es freut mich, dich offiziell in deiner neuen Funktion zu begrüssen."

Die restlichen beiden GL-Mitglieder stehen die Begrüssung auch durch. Dabei macht Thomas Tanner, der Spartenleiter Support und Logistik, den Fehler, ihr die Hand zu reichen. Es kommt zu einem dieser verunglückten Handshakes, bei dem die Teilnehmer nur je die Fingerspitzen erwischen. Als ihre Aufmerksamkeit von ihm wegwandert, wischt Tanner sich die Hand an der Anzughose ab.

Dann bin nur noch ich übrig. Ich nicke ihr zu. "Nicolas Wydmer. Ich bin der Leiter Kommunikation."

Sie mustert mich von oben bis unten und lächelt. "Dann werden wir zukünftig oft zusammenarbeiten."

Ich nicke, schlucke leer und denke: Sei still, mein klopfendes Herz!

Endlich ist sie draussen. Der CEO schaut Tanner an. Tanner winkt ab. "Ich wollte sie nicht. Schau Lucius hier an. Dies ist einer seiner Schachzüge, mich zu diskreditieren, weil er das Marketing bei sich haben will. Sie haben unser Gespräch gehört, Wydmer. Sagen Sie dem CEO, dass ich genau das vor der GL-Sitzung mit Lucius diskutiert habe."

Konnte nicht Dorothy im "Wizard of Oz" die Hacken ihrer roten Schuhe zusammenschlagen und verschwinden? Mein Versuch zu teleportieren misslingt.

Als Leiter Online war Tanner mein oberster Chef und immer fair zu mir. In der GL hat er nicht allzu viel zu sagen, da sein Bereich nur kostet. Lucius Duca auf der anderen Seite ist sehr mächtig.

"Wydmer?" Der CEO schaut mich an.

Ich habe nie gelogen, um mich besserzustellen, und werde auch jetzt nicht damit anfangen. "Das Gespräch fand wie von Herrn Tanner beschrieben statt."

Lucius Ducas Augen werden sehr schmal, bevor wieder die Maske über sein Gesicht gleitet.

"Da siehst du es, Stefan!", triumphiert Tanner.

Der CEO betrachtet uns alle drei. Auf mir bleibt der Blick länger als auf den GL-Mitgliedern. Er wendet sich an den Spartenleiter Inland. "Wenn das schiefgeht, Lucius, werden wir ein sehr ernstes Wort miteinander reden. Ist das klar?"

Duca nickt knapp. In meinem Geist höre ich, wie er an meinem Sarg zu zimmern beginnt.

Als die GL-Sitzung endlich endlich endlich ENDLICH vorbei ist, fordert mich der CEO auf, noch kurz zu bleiben. Ich erwarte die sofortige Kündigung.

"Wydmer, noch wegen des Jahresabos fürs Yogastudio. Ich habe mich gestern nicht klar ausgedrückt. Ich erwarte, dass sie mir eine Bestätigung der besuchten Kurse bringen. Weniger als zwei pro Woche zählt nicht. Ist das klar?"

"Glasklar", bestätige ich.

Er winkt mich weg. Der Weg zu meinem Büro ist mir noch nie so lang vorgekommen.

15.30 Uhr

Am Nachmittag habe ich einen Termin bei Romano Scarpetta, dem Spartenleiter Asset Management. Es ist das Ziel der BuBi AG, in den Medien auf positive Weise möglichst präsent zu sein, um neben den Grossen unserer Branche überleben zu können. Zwei Fernsehjournalisten haben Interesse angemeldet, Scarpetta im Rahmen der Fondsmesse, die nächste Woche stattfindet, zu interviewen.

Und jetzt soll ich ihn darauf vorbereiten. Die Idee ist nicht ganz so hirnrissig, wie sie scheint. Während meines Studiums arbeitete ich als Journalist und brachte auch einige

Fernsehauftritte erfolgreich hinter mich – auf jeden Fall genug um zu wissen, dass mir der Job vor der Kamera überhaupt nicht zusagt.

Ich kann "hurry up and wait" nicht ausstehen. Auf zehn Minuten vor der Kamera folgen fünfzig Minuten Warten. Die meisten verbringen diese Zeit mit Rauchen, Tratschen und Töggelikasten Spielen, während die dicke Schminke bröckelt und deine Haut darunter im Zeitraffer altert.

Aber die Regeln kenne ich noch ungefähr: nichts Blaues tragen wegen des Blue-Screen-Verfahrens, nichts Rotes, da zu strahlend und dominant, nichts Kleingemustertes, da das aufgrund der fehlenden Auflösung grässlich aussieht (Ob dieser Aspekt im Digitalfernsehen wohl noch gilt?). Während des Interviews mit dem Interviewpartner sprechen und nie in die Kamera schauen. Nicht mit den Händen fuchteln. Und lächeln, wenn man einen positiven Eindruck erzeugen möchte, obwohl das eigentlich selbstverständlich sein sollte.

Scarpetta ist relativ neu in seinem Job und ein totaler Anfänger als Interviewpartner. Ich merke bald, dass es nicht anders geht, als die Situation voll zu simulieren. Ich habe meine Videokamera mitgebracht und stelle sie auf ein Stativ. Scarpettas Assistentin steht dahinter und mimt die Kamerafrau.

Nach einer halben Stunde reisst Scarpettas Geduldsfaden. "Hören Sie auf, an mir herumzunörgeln, Wydmer. Für ein Interview mit einem Billig-Sender werden meine Fähigkeiten wohl noch ausreichen!"

"Ein schlechtes Fernsehinterview belastet die Reputation und kann auch durch zehn gute nicht wieder aufgehoben werden. Falls Sie den UBS-Skandal in den vergangenen Jahren verfolgt haben, sollte Ihnen das klar sein."

Scarpetta funkelt mich wütend an. Sein Mund wird ganz schmal. Sein alter Arbeitgeber war die UBS. Und nein, er ging nicht freiwillig, sondern wurde abgebaut.

Er beginnt, konzentriert zu arbeiten. Ich spiele die Rollen des guten, des bösen und des dämlichen Journalisten. Nach einer Stunde geht es recht gut.

Ich unterbreche die Übung für eine allgemeine Bio-Pause. Scarpetta und seine Assistentin gönnen sich einen Kaffee. Ich nippe an einem Gewürztee, der mir etwas Wärme gibt. Wenn ich unter normalen Umständen schauspielere, kann ich das Gespielte von meinem eigenen Ich trennen. Im Moment geht das nicht, da ich immer noch ziemlich durcheinander bin aufgrund meiner neuen beruflichen Situation. In dieser Gemütsverfassung Konflikte zu simulieren, geht an die Substanz.

Ich betrachte die Assistentin, die jung, hübsch und, so zumindest der Firmentenor, sehr intelligent ist. "Herr Scarpetta, wie gut kommen Sie mit Ihrer Assistentin aus? Können sie und ich die Rollen tauschen, oder nehmen Sie die negativen Übungen in Ihre Zusammenarbeit mit?"

Die beiden schauen sich an. Erstaunlicherweise grinst Scarpetta. "Nun, Simone? Willst du es mir heimzahlen?"

"Nur zu gern!"

Die beiden vertragen sich wirklich gut. Simone dreht ihren Chef durch die Knochenmühle, teilweise paparazzi-style. Ich erkenne, dass er das Spiel verstanden hat. Er bleibt höflich, kompetent und leitet immer wieder geschickt zum Thema zurück.

Um sechs können wir das Training beenden. "So, für heute habe ich genug!", sagt Scarpetta entschieden. "Wollen wir alle noch ein Bier trinken gehen?"

Simone hat etwas vor und entschuldigt sich. Ich willige ein.

Die Büros der BuBi AG befinden sich im Bankenviertel beim See, das von Paradeplatz, Kongresshaus und Bahnhof Enge begrenzt wird. Da Scarpetta am rechten Seeufer wohnt und ich im Kreis 5, entscheiden wir uns für Stadelhofen. Wir gehen zu Fuss. Das Wetter ist kalt und trocken. Scarpetta plaudert mit mir über das Medientraining. Es hat ihm offenbar gefallen.

Als er vor seinem Bier sitzt und ich vor einer Tasse Kräutertee mit Kombucha, schüttelt er den Kopf. "Sie sind schon ein eigenwilliger Kauz, Wydmer. Jeder andere hätte sich auch ein Bier bestellt und würde es notfalls runterwürgen."

Ich zucke die Schultern. Speichellecken war noch nie mein Ding.

"Ich bin Romano!" Scarpetta nickt mir zu.

"Privat oder auch beruflich?", frage ich direkt.

Jetzt grinst er. "Privat und beruflich", bestätigt er.

"Ich bin Nik."

Wir mustern uns.

"Danke für das Training heute. Du magst zu deinem Job gekommen sein wie die Jungfrau zum Kind, aber du weisst, was du tust."

Wir bleiben über eine Stunde sitzen und unterhalten uns. Scarpetta zahlt für uns beide.

Mittwoch, 26. Januar

Ich verbringe den Morgen damit, Wirtschaftsjournalisten anzurufen, um Fachbeiträge zu platzieren. Die bankspezifischen Themen, die ich mir ausgedacht habe, stossen auf Interesse. Ich kann auch einige Kontakte aus meiner Journalistenzeit auffrischen. Alle scheinen sich zu freuen, dass ich noch lebe.

Am Mittag gehen Pavel und ich essen. Er möchte aufgrund seines Rauchstopps nicht zunehmen und entscheidet sich für Salat. Ich nehme Suppe, da meine Nase mir das Kauen von Speisen noch ziemlich übelnimmt.

Nachdem wir die Ich-sollte-mehr-essen-da-ich-schon-dünn-wie-ein-Strich-bin-Debatte abgehakt haben – Pavel hat etwas Gluckenhaftes an sich – wechseln wir kurz zum kommenden Teambildungsevent.

"Hast du schon eine Idee?"

"Ja. Wir gehen Hundeschlitten fahren."

"Klingt gut."

Wir essen schweigend. Pavel hat sein Smartphone neben sich auf dem Tisch liegen und lässt den Bildschirm nicht aus den Augen. Seine jüngste Tochter ist heute im Krankenhaus, um sich den Blinddarm entfernen zu lassen. Endlich kommt die erlösende SMS seiner Frau. Es ist alles gut gegangen. Pavel sinkt kurz zusammen wie ein Ballon, aus dem man die Luft entlassen hat. Dann richtet er sich wieder auf.

"Ich brauche jetzt einen Kaffee."

Als wir zurück im Office sind, berührt Pavel kurz meine

Schulter und nickt mir dankend zu.

In meinem Posteingang finde ich eine Outlook-Einladung vom Spartenleiter Support und Logistik.

Von: Thomas Tanner (12.01 Uhr)
An: Nicolas Wydmer
Termin: 15.00 Uhr (1 Stunde)

Re: Einführung neue Leiterin Marketing

Bitte Artesia Müller einführen.

Gruss & Dank
Tanner

Die Sitzung wird so schlimm wie befürchtet. Die neue Marketingleiterin ist ein ausgezeichnetes Beispiel dafür, wie unsinnig moderne Lehrgänge für Erwachsene aufgesetzt sind. Alles wird in Arbeitsgruppen erledigt. Konkret heisst das, zwei der Gruppe arbeiten wie blöd, die anderen sind Trittbrettfahrer und kapieren am Ende überhaupt nichts.

Artesia Müller gehört zur zweiten Kategorie.

Während ich sie in meinen Bereich einführe, kommentiert sie meine Ausführungen mit "Oh..." und "Ah...", bis ich mich frage, ob sie früher in einem Sex Club gearbeitet hat. Im Grunde könnte ich mir die ganze Einführung schenken. Artesias IQ bewegt sich etwa auf dem Level einer dümmeren Zimmerpflanze im Haschischrausch.

"Ich sehe es nicht als zwingend, dass meine Kampagnen immer mit deinen Inseraten übereinstimmen müssen", sagt sie, als ich die Schnittstellen zwischen unseren Bereichen aufzeige.

"So etwas nennt sich integrierte Kommunikation."

"Das mag sein, aber Lucius und ich können uns in unserer Freiheit nicht beschränken."

Daher weht also der Wind. Tanner wird sich freuen.

Das Meeting endet damit, dass ich mir wünsche, die dumme Kuh nie kennengelernt zu haben. Ich habe auch bereits einen Spitznamen für sie: Mostkopf.

Woche 4

Montag, 31. Januar, 13.07 Uhr

Heute ist der letzte Tag, an dem ich krankgeschrieben bin. Ich habe eine mordsmässige bakterielle Erkältung erwischt, oder vielleicht sollte ich besser sagen: sie mich. Stirn- und Nebenhöhlen, Schnupfen, Bronchitis. Alles überaus lustig, wenn man eine angeknackste Nase hat.

Am Donnerstag, beim Arzt, fragt er mich: "Hatten Sie in der letzten Zeit ungewöhnlichen Stress?"

Ich erzähle ihm von meiner "Beförderung" und dass ich schlecht schlafe. Er offeriert mir Tranquilizer. Offenbar hat er viele Banker als Patienten. Ich lehne höflich ab. Die Antibiotika akzeptiere ich jedoch. Viel Wahl bleibt nicht, wenn der Eiter aus den Augen rinnt und die Nase pocht, als würde man zu "Rudolph the red-nosed reindeer" morphen.

Nach drei Tagen Durchschlafen und einem Tag Lesen und Gamen geht es mir wieder ganz gut. Gerade habe ich mich per SMS bei Pavel gemeldet. Seit ich allein in unserer ehemaligen WG-Wohnung lebe, verlangt er das im Krankheitsfall von mir. Er hat eine Heidenangst davor, dass ich irgendwann einmal tot in einer Ecke liege und zu stinken beginne. Rührend, aber lästig.

Ich logge mich per Remote Access in meinen geschäftlichen E-Mail-Account ein und reisse die Augen auf. Ich habe zweihundert(!)und(!)fünfundzwanzig ungelesene Mails, und das innerhalb von drei gefehlten Arbeitstagen. Ein neuer Rekord.

Ein Thread fällt mir gleich ins Auge: "PoS-Werbung an der diesjährigen Fondsmesse". Nachdem ich mir einen ersten Überblick verschafft habe, erkenne ich noch einen zweiten möglichen Header: Mostkopf gegen den Rest der Welt.

Es beginnt am vergangenen Donnerstag, in aller Herrgottsfrühe, mit einer Mail an ihren Vorgesetzten Thomas Tanner, den Spartenleiter Support und Logistik:

Von: Artesia Müller (06.31 Uhr)
An: Thomas Tanner
Cc: Stefan Leuli, Lucius Duca, Nils Zeeman, Romano Scarpetta, Nicolas Wydmer

Re: PoS-Werbung an der diesjährigen Fondsmesse

Lieber Tom

Ich habe das Werbematerial für die diesjährige Fondsmesse gesichtet und kann nur bemerken, dass es sehr unglücklich ausgewählt wurde. Der Konzepttransfer "Schäferhund > Kapitalschutz" ist für den Kunden zu weit hergeholt.

Ich schlage deshalb vor, die externe Marketingagentur auf heute Nachmittag aufzubieten und eine Nachbesserung bis Freitagabend zu fordern. Durch sofortige Reservation der Produktionskapazitäten kann die Produktion dann bis Dienstagabend erfolgen, so dass wir rechtzeitig zur Fondsmesse bereit sind.

LG
Artesia

Die Antwort von Thomas Tanner folgt postwendend:

Von: Thomas Tanner (07.05 Uhr)
An: Artesia Müller
Cc: Stefan Leuli, Lucius Duca, Nils Zeeman, Romano
Scarpetta, Nicolas Wydmer

**Re: Re: PoS-Werbung an der diesjährigen Fonds-
messe**

Sehr geehrte Frau Müller

Bezugnehmend auf Ihre Mail weise ich darauf hin, dass
die neue Kampagne als kreativer Ideenfindungsprozess
zwischen Ihrem Team und der externen Marketingagentur über mehrere Wochen entwickelt wurde.

Die Kampagne wurde mit Testpersonen unserer Zielgruppe sowie Stakeholdern unter unseren Vertriebs-
partnern getestet und zielt auf die Reaktivierung bereits
erlernter Marketingbotschaften ab.

Der Konzepttransfer "Schäferhund > ein sicherer Partner"
(nirgends in der Kampagne ist von "Kapitalschutz" die
Rede) wurde vor der Finanzkrise eingeführt und stärkte
von Beginn weg unsere Marke und ihren Wiedererken-
nungswert, wie Sie aus den Ihnen zugänglichen Studien
ersehen können. Seit der Finanzkrise hat sich dieser
Trend nochmals verstärkt. Im Hinblick auf Ihren Verbleib
bei unserer Firma bitte ich Sie dringend

a) sich mit der ganzen Projektmanagement-Thematik
vertraut zu machen. Eine neue Marketing-Kampagne
kann nicht innerhalb von dreieinhalb Arbeitstagen
entwickelt und umgesetzt werden.

b) sich Wissen über die Funktionsweise von Finanz-
produkten und über die gegenwärtigen Trends im Markt
anzueignen. Von Kapitalschutz kann nur im Rahmen von
strukturierten Produkten gesprochen werden. Bei Fonds,

und solche bewerben wir an der FONDSmesse, kommt die Anlagestrategie "absolute return" dem Kapitalschutzansatz am nächsten. Jedoch gilt dieser Ansatz heute als gescheitert und nur ein Finanzdienstleister, der sich möglichst schnell ins Abseits und die Insolvenz begeben will, pusht diese Produkte heute gegenüber Kunden.

@Lucius: Würdest du bitte dafür sorgen, dass Frau Müller die oben erwähnte Einführung erhält.

Gruss
Thomas Tanner, Spartenleiter Support und Logistik

An dieser Stelle hole ich mir einen starken Grüntee und einige Haferkekse. Vielleicht hätte ich die Tranquilizer vom Arzt doch annehmen sollen. Man weiss nie, wann man sie mal braucht.

Artesia Müller lässt das nicht auf sich sitzen:

Von: Artesia Müller (07.14 Uhr)
An: Thomas Tanner
Cc: Stefan Leuli, Lucius Duca, Nils Zeeman, Romano Scarpetta, Nicolas Wydmer

Re: Re: Re: PoS-Werbung an der diesjährigen Fondsmesse

Lieber Tom

Vielen Dank für deine konstruktiven Erläuterungen. Ich freue mich, dass das "Konzept Lassie" bei den Kunden solchen Anklang findet. Trotzdem finde ich, dass der Marketingmix für die Fondsmesse noch abgerundet werden sollte.

Eine Wimpelkette zur Kennzeichnung des Standes sowie Fähnchen, die wir unseren Kunden abgeben können, erfordern sicher wenig Produktionszeit. Hundespielzeug wäre auch eine sinnvolle Ergänzung. Wir könnten zum Beispiel Kauknochen mit unserem Logo versehen und Hunde-Leckerli am Stand bereithalten.

Gerne erwarte ich deinen Input.

LG
Artesia

Meine Fassungslosigkeit weicht einem Heiterkeitsanfall und ich entferne mich vom Computer, damit der Schluck Grüntee in meinem Mund nicht meinen Bildschirm und meine Tastatur trifft. Mein Lachen hat einen verzweifelten Touch. Ich sehe tiefschwarz für die kommenden Monate.

Die nächste Mail stammt von Romano Scarpetta.

Von: Romano Scarpetta (07.57 Uhr)
An: Thomas Tanner
Cc: Stefan Leuli, Lucius Duca, Nils Zeeman, Nicolas Wydmer, Artesia Müller

Re: Re: PoS-Werbung an der diesjährigen Fonds-messe / Absolute Return

Hallo Thomas

> Bei Fonds, und solche bewerben wir an der
> FONDSmesse, kommt die Anlagestrategie
> "absolute return" dem Kapitalschutzansatz
> am nächsten. Jedoch gilt dieser Ansatz
> heute als gescheitert ...

Das ist etwas gar negativ. Ich bin zuversichtlich, dass wir den Absolute-Return-Ansatz in Kürze wieder bei unseren Kunden thematisieren und die entsprechenden Produkte platzieren können.

Ich schlage vor, dass wir uns im Rahmen eines baldigen Offsites diesem Thema widmen. Es kann nicht sein, dass wir als GL negative Stimmung im Unternehmen verbreiten.

Gruss
Romano

Thomas Tanner ignoriert die Mail und nimmt den früheren Faden wieder auf.

Von: Thomas Tanner (9.07 Uhr)
An: Artesia Müller
Cc: Stefan Leuli, Lucius Duca, Nils Zeeman, Romano Scarpetta, Nicolas Wydmer

Re: Re: Re: Re: PoS-Werbung an der diesjährigen Fondsmesse

Sehr geehrte Frau Müller

Unsere Unique Selling Proposition, das ist das herausragende Leistungsmerkmal, durch das wir uns von unseren Mitbewerbern unterscheiden, ist Sicherheit. Sie liegt denn auch unserer Differenzierungsstrategie zugrunde, die von Seriosität geprägt ist. Wenn wir Hundekekse am Stand verteilen (mal abgesehen davon, ob Besucher ihren Hund überhaupt an die Fondsmesse mitnehmen dürfen), ist das diesem Thema höchstens abträglich. Ebenso wie Wimpelketten und Fähnchen, die wohl eher zu einem Gokart-Event passen.

Die Kampagne wird nicht verändert und unser Auftritt an der Fondsmesse so durchgeführt wie geplant.

Thomas Tanner
Spartenleiter Support und Logistik

Jetzt schaltet sich Il Duce ein.

Von: Lucius Duca (09.22 Uhr)
An: Thomas Tanner
Cc: Stefan Leuli, Nils Zeeman, Romano Scarpetta, Nicolas Wydmer, Artesia Müller

Re: Re: Re: Re: Re: PoS-Werbung an der diesjährigen Fondsmesse

Thomas

Ich bitte dich dringend, Artesia Müller deine Unterstützung zukommen zu lassen. Im Vergleich zu unseren Mitbewerbern haben wir im vergangenen Jahr deutlich an Marktanteilen verloren. Da unsere Produkte suboptimal auf unsere Kunden zugeschnitten sind, ist es unerlässlich, dass wir uns mit innovativer Werbung am Markt platzieren.

Gruss
Lucius

Lucius Duca
Spartenleiter Inland

Das lässt Thomas Tanner nicht auf sich sitzen.

Von: Thomas Tanner (9.29 Uhr)
An: Lucius Duca
Cc: Stefan Leuli, Nils Zeeman, Romano Scarpetta,
Nicolas Wydmer, Artesia Müller

**Re: Re: Re: Re: Re: Re: PoS-Werbung an der
diesjährigen Fondsmesse**

Lucius

Wenn deine Leute endlich mal verkaufen würden, statt
nur rumzunörgeln, sähen unsere Zahlen besser aus.

Gruss
Thomas

Auch Romano Scarpetta hockt jetzt nicht mehr aufs Maul,
oder müsste ich sagen: die Tastatur?

Von: Romano Scarpetta (09.33 Uhr)
An: Lucius Duca, Nils Zeeman
Cc: Stefan Leuli, Thomas Tanner, Nicolas Wydmer,
Artesia Müller

**Re: Re: Re: Re: Re: Re: Re: PoS-Werbung an der
diesjährigen Fondsmesse**

Lucius, Nils

Unsere Produkte sind in Ordnung, aber euren Verkäufern
gehört mal eins geschmiert. Statt unsere Produkte zu
verkaufen, schlagen sie sich auf die Seite der Kunden
und ziehen über unsere Firma her.

Bringt ihnen endlich mal das Konzept Loyalität bei.

Romano

Das Grauen entfaltet sich in etwa neunzig weiteren Mails und vermischt sich dann um 11.40 Uhr ungeschickterweise noch mit der Nachricht eines armen Marketingsklaven mit dem Titel "PoS-Präsenz an der Fondsmesse".

Von: Projektleitung Marketing Inland (11.40 Uhr)
An: Alle Mitarbeitenden Standort Schweiz
Cc: Thomas Tanner, Artesia Müller

Re: PoS-Präsenz an der Fondsmesse

Liebe Kolleginnen und Kollegen

Anbei sende ich Ihnen die definitiven Informationen zur diesjährigen Fondsmesse.

Ich darf vermelden, dass es uns erneut gelungen ist, einen erstklassigen Standplatz an einem stark frequentierten Durchgang zu erhalten (siehe angehängter Plan). Dem prominenten Standplatz wird in der Werbemittel-Kontingentierung Rechnung getragen.

Die Präsenz am Stand erfolgt gemäss angehängtem Plan. Alle Firmenvertreter werden gebeten, sich täglich eine Stunde vor Messebeginn am Stand einzufinden für das Tagesbriefing und die Einführung in die zur Verfügung stehenden Werbemittel. Die Absatzziele wurden kommuniziert und gelten als bekannt.

Wie in den Vorjahren sind die vertriebsunterstützenden Teams für die Dauer der Messe angewiesen, die durchgängige Erreichbarkeit von 8.00 bis 18.00 Uhr sicherzustellen.

An allen drei Tagen werden GL-Mitglieder am Stand präsent sein. Romano Scarpetta am Mittwoch, dem Tag der Fachbesucher, Lucius Duca am Donnerstag und Freitag, den Publikumstagen.

Es ist mir zudem eine Freude mitzuteilen, dass wir zum ersten Mal den Remote Access auf unsere Vertriebskanäle, File-Strukturen und E-Mail-Accounts sicherstellen können. Somit können Sie fast alle Anfragen von Kunden und Intermediären direkt vor Ort beantworten, wodurch wir mit der Konkurrenz gleichziehen.

Ich wünsche Ihnen ein erfolgreiches Verkaufen unserer kundenfreundlichen Lösungen und stehe Ihnen gerne für weitere Fragen zur Verfügung.

Mit freundlichen Grüssen

[Name Marketingsklave]
[Titel Marketingsklave]

Kurz vor zwölf fühlt sich der CEO bemüssigt, seinen Beitrag zum Mailchaos zu leisten. Dummerweise erwischt er dabei nicht die Originaldiskussion, sondern die Mail des Marketingsklaven.

Von: Stefan Leuli (11.59 Uhr)
An: Alle Mitarbeitenden Standort Schweiz
Cc: Thomas Tanner, Artesia Müller

Re: Re: PoS-Präsenz an der Fondsmesse

Frau Müller

Lassie war ein Collie.

Freundliche Grüsse
Stefan Leuli, CEO

Er hat doch tatsächlich den Knopf "Reply to all" erwischt!

Immerhin merkt er es. Die nächste Mail ist eine System-
meldung: "The sender tried to retrieve this message." Ich
brauche nicht zu raten, ob der Retrieval geglückt ist. (Die
Antwort ist nein.)

Immerhin weiss jetzt die ganze Firma, dass Lassie ein Collie
war.

Dienstag, 1. Februar, 8.50 Uhr

Der Schutzverband auf meiner Nase ist endlich weg und bis
auf eine kleine Schwellung sieht man fast nichts mehr von
meiner Auseinandersetzung mit Tommy Bum Bum. So fällt
mir der Arbeitsbeginn nicht ganz so schwer.

Wie jede Woche seit meiner Ernennung treffe ich etwas zu
früh beim Sitzungszimmer der GL ein und finde die Tür
unerwartet geschlossen. Wäre ich mit einem gesunden
Überlebensinstinkt versehen, hätte mich das nachdenklich
gestimmt. Ich jedoch öffne die Tür, ohne von meinem Smartphone hochzuschauen, und finde mich unvermittelt in einem
kriegsversehrten Gebiet wieder.

Die gesamte GL sitzt bereits mit grimmigen Gesichtern um
den Tisch. Alle schauen mich finster an.

"Ich bitte um Entschuldigung", sage ich und das
Sitzungszimmer rückwärts wieder verlassen. Dummerweise
bin ich nicht schnell genug.

"Kommen Sie rein, Wydmer", sagt der CEO. "Geht es Ihnen
wieder besser?"

Oh weh! Die Strategie kenne ich. Es gibt Menschen, die nach einem heftigen Streit mit Gott und der Welt übertrieben freundlich sind, um über den Streit hinwegzutäuschen.

"Ja, danke der Nachfrage." Ich setze mich so vorsichtig in meinen Sessel, als würde mich dieser bei einer unbedachten Bewegung in den Hintern beissen.

"Wir haben hier gerade den Mailverkehr der vergangenen Tage besprochen. Was ist Ihre Meinung dazu?"

Mein Sessel verwandelt sich in einen elektrischen Stuhl. Ich brate im Fokus von fünf Augenpaaren.

"Nun, mir kam der Gedanke, dass der monatliche Rhythmus für die Teambildungsevents ganz sinnvoll sein könnte."

Der CEO seufzt, setzt eine Lesebrille auf die Nase und zieht einen Stapel Papiere zu sich. "Nun denn, kommen wir zur GL-Sitzung. Die heutige Sitzung umfasst dreiundfünfzig Traktanden. Unsere Angestellten scheinen unsere Entscheide für jeden Mumpitz zu benötigen."

Der Leiter Asset Management beginnt zu husten.

"Ist etwas, Romano?", fragt der CEO.

"Wenn wir ehrlich sind, hat diese GL Tendenzen zum Micromanagement, wie euch allen bewusst sein dürfte."

"Was heisst hier 'Micromanagement'! Ich stehe mit meinem Namen für diese Firma gerade. Ich will wissen, was vor sich geht."

"Dann hör auf, dich über die dreiundfünfzig Traktanden zu beschweren." Romano ist offenbar immer noch ziemlich wütend, sonst wäre er nie so direkt. Wie bei allen GL-Mitgliedern gehört Katzenpföteln bei ihm zur zweiten Natur.

Der CEO sendet ihm einem bösen Blick. "Traktandum Nummer 1: Meldung des monatlichen WC-Papier-Verbrauchs in unseren Niederlassungen, herabgebrochen auf wöchentliche Granularität ..."

Ich gebe es zu: Ich habe die Traktanden der heutigen Sitzung nicht vorab gelesen. Irgendeine arme Seele im Management Support hat die Liste in meiner Abwesenheit zusammengestellt und versandt. Das wird mir jetzt zum Verhängnis. Ich lache laut heraus.

Dummerweise ist es einer jener Lachanfälle, die nur schlimmer werden, je empörter die unmittelbar Betroffenen werden. Japsend verlasse ich das Sitzungszimmer. Ich schaffe es gerade noch, die Tür hinter mir zu schliessen, bevor ich der Wand entlang zu Boden sinke.

Die Damen vom Empfang kommen angerannt.

"Nik, was ist mir dir?", fragt eine und fasst mich an der Schulter. "Geht es dir nicht gut?"

Im selben Moment öffnet sich die Tür zum Treppenhaus und den Liften. Ein Lieferant kommt hereingeschlurft. Er zieht einen Handhubwagen mit einer Europalette, die etwa zwei Meter hoch mit WC-Papier beladen ist.

Um die lange Geschichte abzukürzen: Ein anderer nimmt an diesem Tag die Funktion des Protokollführers in der GL-Sitzung wahr.

16.36 Uhr

Der CEO ruft mich an und befiehlt mich zu sich ins Office.

"Wydmer, Ihr Betragen heute liess doch sehr zu wünschen übrig. Was ist los mit Ihnen?"

"Ich vertrage meine Medikamente nicht."

Ich sehe so etwas wie verärgertes Verständnis in seinem Gesicht. Er denkt jetzt wahrscheinlich, dass sie mich unzurechnungsfähig, gereizt oder müde machen. Dabei geben sie mir bloss Durchfall, aber das muss er ja nicht wissen.

"Was planen Sie für den nächsten Teambildungsevent?"

"Wir gehen in den Schnee Iglus bauen. Dabei teilen wir uns in sechs Teams auf. Jedes Team hat nur einen bestimmten Teil der Ausrüstungsgegenstände und der nötigen Kenntnisse und muss bei den anderen Teams Material und Wissen traden gehen. Die Distanzen zwischen den Teams legen wir mit Schlittenhunden zurück."

Der CEO verzieht den Mund. "Das dürfte spannend werden."

"In der Tat."

"Wann gehen Sie zum ersten Mal ins Yoga?"

"Ich mache mich nachher auf den Weg."

Der CEO winkt mich fort. "Na los, verschwinden Sie schon."

Als ich später im Studio eintreffe, bin ich erstaunt. Ich habe ein Ashram erwartet. Stattdessen finde ich mich in einem top gestylten Wellness-Tempel mit sehr freundlichem Personal

wieder. Würden die Räume nicht wie ein Bienenhaus über-
quellen und bestünden die anderen Schüler nicht aus Schicki-
micki-Zicken und verhaltensgestörten Managern, könnte ich
mich hier durchaus wohlfühlen.

Im Yoga-Raum liege ich kaum auf meiner Matte, als neben
mir eine blonde Zicke die ihre im Wurfverfahren ausbreitet.
Andere befinden sich schon in diversen Yoga-Stellungen, die
aussehen, als hätte ein gigantischer Gott aus menschlichem
Material eine Brezel geknüpft. Es hat auch ein paar Dick-
säcke, die die Hoffnung auf dünnere Zeiten noch nicht aufgegeben haben.

Esoterische Musik dudelt leise aus den Lautsprechern. Zwei
Matten von mir entfernt verwandelt sich eine junge selbst-
versunkene Frau in einen Blasebalg. Sie sitzt aufgerichtet da
und macht eine Art ruckhafte Pressatmung, die Teil ihrer
Meditation ist.

Vielleicht sollte ich an dieser Stelle noch ein Wort zu mir
selbst sagen. Es ist natürlich relativ dämlich, wenn ich mich
jetzt, in der vierten Blog-Woche, noch selbst beschreibe. Falls
tatsächlich jemand meine Posts liest, hat sich dieser einsame
Leser längst eine eigene Meinung von meinem Aussehen
gebildet. Und eigentlich ist es ja auch egal. Aber ganz kann
ich es mir nicht verkneifen.

Ich gehöre zu den wenigen Männern, die von Natur aus eher
beweglich sind. Ich kann also meinen Zehen in einer Vor-
beuge nicht nur zuwinken, sondern sie auch problemlos
berühren. Das Kampfsporttraining hat diese Beweglichkeit
zusätzlich gefördert.

Obwohl ich nicht mehr der Jüngste bin, hat sich alles bis
heute erhalten, und ich kann immer noch in den Spiegel
schauen, ohne gleich zu Antidepressiva zu greifen. Nur bin

ich inzwischen zu dünn, da hat Pavel absolut recht, obwohl ich es ihm gegenüber nie zugeben würde.

Die Stunde beginnt. Wir sitzen zuerst still, dann singen wir ein OM. Sonnengrüsse – fliessende Bewegungssequenzen – leiten zum aktiven Teil über.

Ich vergesse die blonde Zicke neben mir. Die eineinhalb Stunden gehen viel zu schnell vorbei.

In der Nacht schlafe ich ausnahmsweise tief und fest.

Mittwoch, 2. Februar, 7.53 Uhr

"Es hat dir gefallen?", fragt Pavel fassungslos. Er lehnt mit einer Tasse Kaffee an meinem Schreibtisch und hat mir gerade erzählt, dass seine Kinderschar ihn die ganze Nacht mit einer Magen-Darm-Grippe wachgehalten und der Hund eine verletzte Pfote hat. Seine Frau befindet sich auf Geschäftsreise. Man sieht es unter anderem auch daran, dass seine Kleider mit jedem Tag versiffter werden.

"Ja."

"Weshalb erstaunt es mich eigentlich? Du hattest schon immer einen Dachschaden."

Ich lache.

"Und schick gemacht hast du dich." Er betrachtet neidisch meinen Anzug, der aus einem anderen Leben stammt, als ich noch höhere Ambitionen hatte, als Webmaster zu sein.

"Ich muss heute den Leiter Asset Management an die Fonds-messe begleiten."

"Nur die Haare sehen aus wie immer."

Ich fahre mir mit den Händen durch die Haare, um sie zu ordnen. Der Versuch ist von Beginn weg zum Scheitern verurteilt. Jedes meiner Haare ist ein Kämpfer und steht genau so, wie es will.

"Gib's endlich auf." Pavel lacht. Er scheint seine gute Laune wiedergefunden zu haben.

Meine Stimmung sinkt dafür. Mir graut vor dem öffentlichen Auftritt.

In diesem Moment erklingt ein beiläufiges Klopfen und plötzlich steht der CEO im Raum.

"Wydmer, ich habe bisher etwas immer vergessen. Übernächstes Wochenende ist Ski-Weekend. Bitte organisieren Sie den bunten Abend am Samstag."

Meine Laune landet im Keller. "Ich nehme nicht am Ski-Weekend teil."

Der CEO wischt meinen Einwand beiseite. "Jetzt seien Sie doch kein Spielverderber. Ein bisschen die Pisten runterrutschen werden Sie ja wohl noch können."

Ich kann einiges mehr als das, aber das geht ihn nichts an. "Ich fahre nicht mehr Ski", sage ich so kalt, dass er stutzt. Aus dem Augenwinkel sehe ich Pavel eine begütigend-warnende Handbewegung machen und rege mich gleich nochmals auf.

Seltsamerweise geht der CEO auf Pavels Hinweis ein. Mir ist noch nie bewusst geworden, dass die beiden sich verstehen.

"Nun denn, Wydmer, wenn dem so ist, würden Sie bitte das Event-Team briefen, damit sie die Organisation übernehmen können?"

"Selbstverständlich."

Sobald er weg ist, wende ich mich Pavel zu und fauche ihn an. "Würdest du mich bitte meine eigenen Kriege führen lassen?"

Er schaut in seine leere Kaffeetasse. "Selbstverständlich."

Ich kann ihm nie lange böse sein, und er spürt immer sogleich, wenn meine Stimmung dreht.

"Sag mal, Nikki, kannst du dir vorstellen, dass wir einmal die Woche über Mittag joggen gehen, so etwas wie von hier zur Roten Fabrik oder zum Zürichhorn und zurück?"

"Wenn dein Arzt bestätigt, dass du joggen darfst, klar." Super, jetzt spiele ich die Glucke.

"Ich darf joggen." Pavel starrt in seine Kaffeetasse, als würde er versuchen, daraus die Zukunft zu lesen. "Ich muss einfach ein wenig aufpassen, weil meine Lungen offenbar einige Jahre brauchen, um sich von meiner Raucherei zu erholen. Und meine Ärztin hat mir geraten, in gute Schuhe zu investieren. Ich habe gestern welche gefunden."

"Wann möchtest du beginnen?"

"Gegen Ende der Woche soll es wärmer werden. Freitag?"

"In Ordnung." Ich setze mich an den PC und trage uns beiden den Outlook-Termin ein. Ein Blick in meine Mailbox lässt mich fluchen.

"Was ist?" Pavel schaut mir über die Schulter.

Ein Struki-Designer hat sich bemüssigt gefühlt, auf eine Presseanfrage zu antworten. Dies ist streng verboten, da er nicht zu den autorisierten Sprechern der Firma gehört.

"Lass ihn leben", ruft Pavel mir nach, als ich aus dem Büro stürme.

Ich finde den Mitarbeiter in einem der Kaffeeräume und schleppe ihn mit zu seinem Vorgesetzten, dem Leiter Design-produkte. Da jener stockschwul und auch ein wenig affektiert ist, nennen ihn alle in der Firma nur Frou-Frou, nach einem der schwulen Franzosen in einer bekannten Comedy-Serie, was irgendwie passt.

Der Kerl stammt aus der mehrbesseren Gesellschaft von Basel – dem Basler Daig – und ist ein typisches Produkt jahrhundertelanger Inzucht. Erstaunlicherweise ist er aber trotz dem damit einhergehenden Dachschaden hoch intelligent und sein Bereich äusserst profitabel.

Nun hat Frou-Frou aber vor Jahren ein Auge auf mich geworfen. Statt seinen Mitarbeiter zu massregeln, versucht er deshalb die ganze Zeit, mit mir zu flirten. Am Ende werde ich ziemlich laut und massregle den Mitarbeiter selbst, bevor ich ihn zurück an seinen Arbeitsplatz sende.

"Ach, Nik. Ich liebe es, wenn du so entschlossen argumentierst", nimmt Frou-Frou das Gesülze wieder auf.

"Geh und blas dir selbst einen!", ist das, was ich am liebsten sagen würde.

Am Ende begnüge ich mich mit: "Schau, dass das in deinem Bereich nicht noch einmal vorkommt!", und flüchte vor seinen sehnsüchtigen Blicken.

Dass die Angelegenheit weitere Kreise zieht, merke ich, als ich mit Romano Scarpetta zum Kongresshaus spaziere.

"Ich habe die Autorisierung, für die Firma zu sprechen?", fragt er mich, als wir uns dem Eingang nähern.

"Natürlich. Du bist ein GL-Mitglied. Ihr seid alle autorisiert." Da ich gerade in meinem Backpack krame, merke ich erst gar nicht, worauf er hinaus will.

"Da ich bin beruhigt. Ich möchte nicht das Ziel einer deiner Strafpredigten sein."

"Wie hast du davon gehört?", wundere ich mich. Normalerweise werden GL-Mitglieder von ihren Untergebenen sehr gut "entlastet", sprich: Man informiert sie höchst selektiv.

"Live."

Mir steigt das Blut ins Gesicht. Sein Office ist ein ganzes Stück von Frou-Frous entfernt.

Am Eingang zeigen wir unsere Ausstellerausweise und werden eingelassen.

Ich kann mich nie entscheiden, ob ich das Kongresshaus gut finde oder nicht. Für mich ist es eine seltsame Mischung aus noblem Theater und Zivilschutzraum, vom Charme her also so etwas wie eine mehrere Tage alte Hochzeitstorte.

Als Messelokation ist es allerdings OK. Die Luft ist nicht ganz so schlecht und trocken und es zieht verhältnismässig wenig. Das heisst, dein Hirn mumifiziert nicht innerhalb von Sekunden, die knallroten Augen lassen sich Zeit und mit etwas Glück kommst du als Aussteller auch um die eigentlich obligatorische Erkältung herum.

"Oh nein, die blöde Kuh ist da!", sagt Scarpetta plötzlich.

Tatsächlich schwebt uns die Visage des Mostkopfs entgegen.

"Die sieht aus, als hätte ET mit einem Pferd und einer Brillenschlange gebumst", grollt Scarpetta und hat mit seiner Beobachtung nicht ganz unrecht.

Seine Begrüssung fällt sehr frostig aus.

"Romano, ich freue mich sehr, dass du hier bist", sagt sie in ihrem unerträglichen Tonfall.

"Für Sie immer noch 'Herr Scarpetta'", platzt ihm der Kragen. "Wie Sie möglicherweise gemerkt haben, arbeiten wir nicht bei Ikea."

Sie trollt sich beleidigt, um den Lehrling zu massregeln. Die junge Frau füllt gerade die Displayständer auf und hat ein paar Broschüren fallengelassen.

Die Leiterin Events kommt uns begrüssen und bekommt Küsschen von Scarpetta. "Tanja, wie stets sieht dein Stand fantastisch aus. Musstest du Hundekekse entsorgen oder hat sie es geschnallt?"

Tanja wirft einen besorgten Blick Richtung Mostkopf. "Sie ist meine Chefin, Romano", sagt sie leise.

"Nicht lange, wenn es nach mir geht", zischt er.

Um zehn Uhr öffnen sich die Messepforten für die Fachbesucher und bis zum Mittag können wir eine positive

Zwischenbilanz ziehen. Es gab schon weit schlechtere Jahre.

"Nik, bist du bei der Awards-Verleihung heute Abend dabei?", fragt mich Scarpetta plötzlich, während wir uns hinter den Kulissen ein schnelles Mittagsessen aus Sandwiches gönnen.

Davon habe ich bisher noch nichts gehört. Er zeigt mir das Programm. Die Awards-Verleihung findet um 18.15 Uhr statt, gefolgt von einem Rahmenprogramm mit Clown und einer Party.

"Ich muss den Award für unsere Firma entgegennehmen. Begleitest du mich?"

Meine Abneigung gegen Abendanlässe kämpft mit der Freude, dass ein GL-Mitglied mir offenbar Vertrauen entgegenbringt. "Zur Verleihung ja. Beim Clown flüchte ich."

"Ich auch."

Um zwei Uhr haben die Fachbesucher unseren Schokoladenvorrat leergeräumt. Tanja telefoniert mit dem Office für Nachschub.

Um vier Uhr kommen die Journalisten. Da es sich um ein geplantes Interview handelt, kann ich Scarpetta richtig vorbereiten: mattierenden Puder aufs Gesicht, Sitz der Kleidung überprüfen, Jackett korrekt geknöpft, keine Hunde- oder Katzenhaare auf den Aufschlägen, keine Popel in den Nasenlöchern, keine Essensreste zwischen den Zähnen, Manschetten auf gleiche Länge aus den Ärmeln ziehen. Danach die ganze Positionierung. Es gelingt mir, Scarpetta und die Fernsehjournalistin so aufzustellen, dass sie eins unserer weissen Banner mit Logo als Hintergrund haben.

"War's in Ordnung?", fragt mich Scarpetta nachher. Als er an seiner Krawatte herumfummelt, sehe ich, wie sehr seine Hände zittern.

"Ja, sogar ausgezeichnet. Wenn das Fernsehen nicht noch etwas falsch macht, kann sich unsere Firma freuen."

Der Rest des Nachmittags fliegt nur so vorbei. Bei der Awards-Verleihung am Abend spielen Scarpetta und ich noch einmal das gleiche Spiel: Ich sage ihm, wie er sich bei der Übergabe am besten platziert und wie er in die Fotokamera schauen soll. Dann kontrolliere ich sein Äusseres. Er zieht die Show ab. Wieder klappt alles wie am Schnürchen.

Als der Clown auftritt, verdrücken wir uns unauffällig.

Als ich den Saal verlasse, schaue ich kurz zurück und sehe den Mostkopf, wie sie in der Menge badet. Scarpetta wird aufmerksam und flucht leise vor sich hin. Er zieht sein Mobile aus der Tasche und wählt eine gespeicherte Nummer. Er spricht kurz mit Sebastian Streuli, dem Leiter Fonds, der ebenfalls am Anlass ist, und gibt ihm Anweisung, den Most-kopf nicht aus den Augen zu lassen.

Donnerstag, 3. Februar, 14.14 Uhr

Nach dem angenehmen Tag mit Scarpetta darf ich mich heute mit Lucius Duca herumschlagen, weil sich für den Nachmittag nochmals Journalisten für ein Interview ange-meldet haben.

Dieser zweite Messetag, der erste von insgesamt zwei Publikumstagen, ist die Hölle. In Gruppen schieben sich die Besucher durch die Gänge und fallen wie Hyänen über die Stände her. Chipsschalen, Erdnussteller und Stiftbecher sind sogleich leergeräumt. Pralinen-Schächtelchen verschwinden wie von Zauberhand.

Ganz besonders aufpassen muss man auf die Senioren, diese Rentner aus der Hölle. Sie sind schlimmer als Elstern. Erwischt man sie, ziehen sie die Ich-bin-so-alt-und-hilflos-Show ab. Sobald sie sich allerdings ausser Sichtweite wähnen, entwickeln sie plötzlich die Geschwindigkeit von Torpedos und räumen den nächsten Stand leer. Sie geben erst auf, wenn sie ihre tonnenschweren Beutetaschen kaum mehr hochheben können.

Duca benimmt sich mir gegenüber herrisch und herablassend. Als die Journalisten endlich auftauchen und ich den Check mit ihm machen will, putzt er mich vor Sebastian Streuli, dem Leiter Fonds, herunter: "Weg mit Ihnen, Wydmer. Ich brauche Ihre dilettantische Hilfe nicht!"

Als es dann um die Aufnahme geht, lässt sich Duca von den Journalisten vor dem schlechtestmöglichen Hintergrund aufstellen, halb vor einem Broschürensteller, halb vor dem Gang, wo die Besucher durchwuseln. Im Scheinwerferlicht glänzt sein Gesicht wie eine Speckschwarte.

Streuli verschwindet. Ich müsste eigentlich bis zum Ende des Interviews bleiben, sehe aber keinen Sinn darin und packe meine Sachen.

Zurück im Büro finde ich eine Belegkopie der gestrigen Aufzeichnung in meiner Mailbox. Ich schaue sie an. Scarpetta sieht wirklich top aus und spricht sehr gut. Im Vergleich dazu wird das heutige Video eine Katastrophe sein.

Ich habe schon lange gelernt, dass man im Job oft nicht sein Bestes leisten darf, weil irgendjemand mit einem höheren Rang es verhindert, aber das ärgert mich schon sehr.

Am Abend gehe ich ins Yoga. Die Gedanken an die Arbeit begleiten mich.

Freitag, 4. Februar, 9.50 Uhr

Ich überarbeite gerade ein E-Mail-Interview mit unserem Portfolio Manager Nachhaltige Fonds, das noch nicht wirklich lesbar ist. Jedes zweite Wort ist ein Fachbegriff oder Fremdwort. Die Antworten zu einer Frage erstrecken sich teilweise über eine halbe Seite – und dies für ein Magazin, bei dem die Aufmerksamkeitsspanne der Leser höchstens 2,5 Sekunden beträgt.

In einer Art Déjà-vu werde ich unvermittelt zum CEO gerufen. Als ich im Sitzungszimmer ankomme, sitzt wieder die gesamte GL da. Offenbar werde ich nun entlassen.

"Setzen Sie sich, Wydmer." Der CEO sieht heute sehr müde aus. "Wir schauen uns gerade die Fernsehinterviews von Romano und Lucius an."

Er drückt den Start-Knopf auf der Fernbedienung. Über den Beamer auf die Leinwand projiziert, sieht das Video mit Scarpetta nochmals besser aus als auf meinem kleinen Bildschirm. Danach folgt das Video mit Duca. Es ist weit schlimmer, als ich es mir vorgestellt habe. Duca sieht aus wie ein versiffter Verlierer in ungepflegter Kleidung – ein Reputationsschaden auf zwei Beinen.

"Kommentare?", sagt der CEO.

Ich überlege mir, bei welcher Firma ich mich als nächstes bewerben soll.

"Ich bin Nik sehr dankbar für sein Coaching", sagt Scarpetta ruhig. "Allein hätte ich das Interview niemals so hinbekommen."

Der CEO schaut zu Duca. "Lucius?"

Duca erwidert nichts. Wäre ich jetzt nicht da, würde er hinter meinem Rücken über mich herziehen. Stattdessen entscheidet er sich für eine andere Art des Herauswindens: "Ein weiteres Coaching erschien mir aufgrund meiner Fernseherfahrung nicht effizient. Wie konnte ich ahnen, dass das Interview so unfair geführt wird? Da hätte mir alles Coaching nichts genutzt. Wir sollten den Sender verklagen."

"Unfair ..." Der CEO lässt sich das Wort auf der Zunge zergehen. "Wie dem auch sei. Meine Herren, wir betrachten uns jetzt noch einmal das Fernsehinterview mit Romano Scarpetta. Genau so soll ein Interview aussehen. Dies ist das Ziel, an dem wir uns ab heute alle messen. Wir werden alle ein Medientraining bei Wydmer absolvieren. Alle ausser du, Romano, da du deines schon hattest. Du, Lucius, kommst zuletzt. Nach deinem peinlichen Auftritt erachte ich es als sinnvoll, dass dein Gesicht für einige Zeit aus den Medien verschwindet."

Damit bin ich entlassen. Zu meinem Erstaunen nur aus der Sitzung, nicht aus der Firma.

Am Mittag gehen Pavel und ich wie vereinbart joggen. Es ist ein schöner Tag, allerdings noch nicht ganz so warm, wie vom Wetterbericht versprochen.

Wir ziehen uns im Keller des Gebäudes um, wo die Firma uns Spinde und eine Dusche zur Verfügung stellt. Als ich Pavels Joggingkleidung zum ersten Mal sehe, blase ich das gemeinsame Fitness-Training fast ab. Er hat sich für unter dem Knie abgeschnittene Jogging-Hosen, ein XXXXXXXL T-Shirt und ein umgekehrt aufgesetztes Baseball-Käppi entschieden. Dazu die neuen Schuhe. Darin sieht selbst ein durchtrainierter Sechzehnjähriger aus wie ein Vollidiot.

"Ist doch cool", meint er und dreht sich wie ein Geck. "Das erinnert mich an früher."

Ich sage nichts, da ich sonst auch seine Farbenblindheit kommentieren müsste. Wir verlassen das Gebäude und joggen los. Kurz darauf befinden wir uns am Seeufer beim Arboretum.

Ich beobachte Pavel besorgt. Er schnauft und ächzt wie eine alte Dampflokomotive, aber er hält die gesamte Strecke bis zur Landiwiese durch. Danach spazieren wir zurück.

Ich schaue mich um. Februar ist die schönste Zeit des Jahres. Das Jahr hat noch sein ganzes Potential, nichts ist entschieden. Die Tage werden merklich länger und die ersten Blumen sorgen für Farbtupfer. Ich freue mich jedes Jahr wieder.

"Du solltest dir eine Freundin zutun", sagt Pavel, während er ein Liebespaar beim Knutschen beobachtet.

"Pavel ..." Er kennt meine Meinung dazu.

"Ich habe die Hoffnung noch nicht aufgegeben."

Er sagt es so leise, dass ich es kaum höre.

Woche 5

Montag, 7. Februar, 7.45 Uhr

Beim ersten Blick in meine Agenda trifft mich fast der Schlag. Ich habe am Freitagabend zu einer normalen Zeit Feierabend gemacht, um ins Yoga zu gehen. Offenbar hat die halbe Firma gewartet, bis ich weg war, um sich dann um meine freien Termine zu prügeln.

Artesia Müller blockiert mir den ganzen Morgen ab acht Uhr. Am Nachmittag wünscht Thomas Tanner sein Medientraining. Ich habe zum Glück aufgrund des Feedbacks vom Freitag meine Videokamera mitgebracht. Mein Überlebensinstinkt hat für einmal funktioniert.

Ich versuche, aus dem Termineintrag der Leiterin Marketing schlau zu werden. Einer von Pavels IT-Projektleitern ist auch dabei. Ich rufe ihn an und lasse mir das Ganze erklären.

"Sie will zu Beginn ihrer dritten Arbeitswoche eine Web-to-print-Plattform evaluieren, ohne überhaupt eine Ahnung von den Prozessen in der Firma zu haben", fasse ich die Situation zusammen.

"Ja, aber das Ganze ist nicht auf ihrem Mist gewachsen. Der alte Marketingleiter hat im Auftrag von Il Duce damit angefangen. Jetzt will Il Duce das Projekt forcieren."

Ich habe Lucius Duca noch nie gemocht, aber inzwischen wird er mir wirklich unsympathisch. Ich bedanke mich beim Projektleiter für die Informationen und hänge auf.

Bis kurz vor Mittag mache ich dann alles, was man auf seinem Smartphone während einer langweiligen Sitzung anstellen kann. Ich spiele mit Pavel auf unserem firmeneigenen inoffiziellen Gameserver. Der Highscore für Backgammon steht jetzt wieder etwas höher. Danach streame ich mir vom Movieserver einen Film (man weiss nie, wann Fähigkeiten im Lippenlesen einmal nutzen). Meine Bestellung beim Online-Supermarkt ist auch gemacht und sämtliche Apps auf dem Smartphone sind auf dem neusten Stand. Um 11.40 Uhr versagt mein Akku. Die folgende halbe Stunde wird die langweiligste meines Lebens.

Als mich Mostkopf danach zum Essen abschleppen will, flüchte ich.

"Und, wie macht sich das lange Elend?", fragt mich Tanner zu Beginn des Medientrainings. "Wie ich sah, hatten Sie heute Morgen das Vergnügen."

Ich weiss nicht recht, was ich sagen soll.

"Wydmer, einfach um das mal klarzustellen. Als Kommunikationschef sind Sie unser Spitzel, unser Sounding Board, unser Versuchskaninchen und, wenn es sein muss, auch unsere Hure. Also besser, Sie gewöhnen sich daran."

Ich würde ihn gerne treten. Da ich es nicht körperlich tun kann, hole ich mit einem verbalen Schuh aus ... einem Motorradstiefel mit Stahlkappe wohlverstanden. "Die Prozesse in unserer Firma sind eine Katastrophe. Selbst wenn die Müller es schafft, ein passendes System zu evaluieren – sie wird nie schaffen, dass es gelebt wird."

"Die Prozesse sind also eine Katastrophe. Und woher wollen Sie das wissen?"

"Ich war sechs Jahre Online-Chef, stand also ganz am Ende der Hackordnung und jedes Prozesses. Seit meinem Stellenantritt war jede einzelne Produktlancierung das totale Chaos. Die PDFs von Broschüren mussten wir nach Veröffentlichung jeweils x-mal neu hochladen, weil sich eine Putzfrau noch bemüssigt fühlte mitzureden und einen Änderungswunsch hatte. Manchmal gab das Marketing die gesamte im Offset-Verfahren gedruckte Erstauflage einer Publikation direkt bei Lieferung ins Altpapier. Möchten Sie noch mehr Beispiele?"

Tanner lacht. "Jetzt regen Sie sich schon ab. Sie ersticken sonst noch an Ihrem eigenen Gift."

Das darauffolgende Medientraining mit ihm läuft gut. Er hat Fernseherfahrung. Ich kann auf relativ hohem Niveau beginnen. Er hört mir genau zu und versucht, gleich alles korrekt umzusetzen. In der Abschlussphase kommt noch seine Assistentin hinzu und wir nehmen ihn gemeinsam in ein wirklich fieses Kreuzverhör. Am Ende habe ich ein Video im Kasten, das sich sehen lassen kann.

Dienstag, 8. Februar, 9.15 Uhr

Die wöchentlichen WC-Papier-Bestellungen – mein persönlicher Name für die GL-Sitzung – sind heute etwas lebhafter, aber leider noch weniger zielorientiert als sonst. Die Herren fantasieren an Visionen herum. Ich drifte ab, obwohl es eigentlich mein Thema ist. Es geht um die Medienpenetration.

"Wydmer!", donnert es plötzlich.

Ich schnappe in eine aufrechte Sitzposition. "Ja, hier!" Als Mann kannst du in einem bestimmten Alter das Militär verlassen, aber das Militär verlässt dich nie. Nur mit Mühe unterdrücke ich den Impuls zu salutieren.

"Wo stehen wir mit der Medienpenetration?"

Ich muss nicht in meinen Unterlagen nachschauen. "Mit der Gesichtsvermietung stehen wir sehr gut. Ich konnte im vergangenen Monat drei Spezialisten über Interviews in Fachzeitschriften platzieren. Für diesen Monat sind fünf Artikel und ein Videointerview geplant."

Totenstille tritt ein.

Ich mache den Fehler weiterzusprechen statt zurückzustarren. "Vor meinem Amtsantritt war die monatliche Quote null Artikel und null Videos."

Der CEO zieht die Brauen zusammen. "Eins von den Interviews war meines, Wydmer, und ich bin mir nicht sicher, ob ich dafür den Begriff 'Gesichtsvermietung' gelten lassen will."

Scarpetta grinst. "Nun, am Ende des Tages ist es genau das. Wir stellen uns den Medien und versuchen so, unserer Firma ein sympathisches Gesicht zu geben und positive Konnotationen für unsere Marke zu schaffen."

Offenbar hat er sich seit unserem Medientraining eine Schnellbleiche zum Thema Öffentlichkeitsarbeit verpasst.

"Aber vermieten wir wirklich Gesichter oder positionieren wir uns über Kompetenzen?", fragt Tanner und beginnt, aufgeregt mit seinem Stift zu spielen.

Ich kenne die Anzeichen und kann nur mit Mühe ein Stöhnen unterdrücken.

"Meine Herren, dies hier ist nicht der Platz für eine philosophische Diskussion", mache ich Vorgesetzten-Management, bevor sie sich in das Thema verrennen. "Ich werde die Frage für Ihre nächste Break-out-Session notieren. Bezugnehmend auf die gegenwärtigen Kommunikationsaktivitäten benötige ich einen Entscheid von Ihnen bezüglich Abstimmungstransparenz. Ich erhielt eine Presseanfrage dazu, wie wir als Institutioneller Investor unsere soziale Verantwortung bei Abstimmungen wahrnehmen, also ob wir zum Beispiel gegen die unsinnigen Boni unserer Konkurrenz stimmen. Wie ich den Unterlagen meines Vorgängers entnehmen konnte, wurden derartige Anfragen bisher mit 'kein Kommentar' abgeschmettert. Ich möchte diese Praxis ändern."

"Nun, wenn wir die Boni unserer Konkurrenten kritisieren, verlieren unsere eigenen die Berechtigung", erwidert der CEO wieder einmal 100-prozentig am eigentlichen Diskussionsthema vorbei.

Ich ignoriere ihn. "Eine Antwort würde lauten im Sinne von: Wir sind uns unserer sozialen Verantwortung bewusst und beziehen soziale Aspekte in jeden unserer Abstimmungsentscheide mit ein. Wir handeln immer im besten Interesse unserer Kunden ... yada yada."

"Yada yada?", fragt Scarpetta.

"Ein Synonym für 'the usual bullshit'." Mal sehen, wie viel Wahrheit die GL verträgt.

Wie sich herausstellt, gar keine. Der CEO richtet einen strengen Blick auf mich. "Wydmer, die Boni stehen hier nicht zur Diskussion und wir handeln immer im besten Interesse unserer Kunden. Ich sehe nicht ein, weshalb wir daraus ein Pressecommuniqué machen sollen. Sagen Sie dem Pressefritzen ab."

"Dieses Vorgehen kann sich eine Firma in der heutigen Zeit nicht mehr leisten. Ich rate dringend dazu, die Anfrage zu beantworten."

"Unsinn!", wird der CEO lauter. "Das fehlt gerade noch, dass wir vor der Presse auf die Knie gehen. Sie sagen ab."

"Herr Leuli ..."

"Ich sagte: NEIN!"

Irgendwann geht auch die längste Sitzung zu Ende.

Scarpetta trödelt, während die anderen schon gegangen sind und ich die Fenster öffne und das Geschirr für die Empfangsdamen etwas zusammenräume. Eigentlich möchte ich es zerdeppern, kann mich aber knapp beherrschen.

"Sag mal, Nik. Ich habe dich beobachtet. Du warst heute während der gesamten Sitzung vielleicht fünf Minuten geistig präsent. Aber trotzdem wird das Protokoll, das du morgen früh versendest, vollständig sein. Wie machst du das?"

"Gibt es auf diese Frage eine sichere Antwort?", frage ich kratzbürstig zurück.

Scarpetta lacht. Ich beginne, ihn zu mögen. Er ist aufbrausend, regt sich aber genauso schnell wieder ab und hat Humor ... und oft auch eine eigene Meinung, was bei einem Manager selten ist. "Ich bin selektiv taub. Sobald ich dieses Sitzungszimmer verlasse, werde ich deine Antwort nie gehört haben."

"Das kommt vom Journalismus. In dem Job wechseln sich todlangweilige Zeiten mit Phasen ab, in denen du sofort präsent sein musst. Mit der Zeit lernst du, im Unterbewusstsein alles zu hören, aber nur auf das Essenzielle zu reagieren. Solange kein solcher Auslöser kommt, kann dein Geist irgendwo anders sein. Allerdings funktioniert es nicht ganz immer." Der Anpfiff, nein, *die* Anpfiffe des CEO sitzen mir noch etwas in den Knochen.

Er seufzt. "Trotzdem möchte ich die Fähigkeit haben. Vielleicht käme ich dann trotz meiner unzähligen Meetings zu etwas."

Bevor wir wieder arbeiten gehen, machen wir einen kurzen Stopp in der Cafeteria. Er trinkt einen doppelten Espresso, der seinen Herzschlag wahrscheinlich auf 180 treibt. Ich entscheide mich für einen ayurvedischen Gewürztee mit beruhigenden Eigenschaften, der seinen Weg in die allgemeine Teeschublade gefunden hat.

Freitag, 11. Februar, 19.30 Uhr

Ich bin der Letzte im Büro. Der ganze Rest ist schon ins Ski-Weekend abgedüst, wobei es noch ein paar weitere Deserteure wie mich gibt, die jetzt sicher schon zu Hause bei ihren Familien sitzen.

Als ich den Computer herunterfahre, gehen die wahrscheinlich grässlichsten drei Tage meines Berufslebens zu Ende.

Wie erwartet nimmt es die Presse nicht vorteilhaft auf, als ich am Dienstagnachmittag die Auskunft bezüglich Abstimmungstransparenz im Namen der Firma verweigere, und schreibt in einer der wirklich grossen Zürcher Tageszeitungen: "Die BuBi AG verweigerte die Auskunft. Für eine Firma, die sich über Nachhaltigkeit im Schweizer Anlegermarkt zu positionieren versucht, eine unverständliche Haltung."

Der CEO liest dies am Mittwoch zu für normale Menschen nachtschlafender Stunde am Frühstückstisch und klingelt mich aus dem Bett.

"Wie konnten Sie mich so schlecht beraten!", brüllt er mich um 6.30 Uhr in seinem Office an.

"Ich habe Ihnen meine Meinung zweimal in aller Deutlichkeit gesagt und noch einmal nachgesetzt. Was soll ich mehr tun?"

"Sie sollen mich überzeugen!"

Er meint offenbar, wenn er sich als ignoranter Manager hervortut, soll ich ihm so lange die Keule der Wahrheit auf den Kopf hauen, bis auch er das Einsehen hat. Geht aber nicht. Der ist vorher bewusstlos.

"Und überhaupt! Was heisst hier 'zu positionieren versucht'! Das hat nichts mit Versuchen zu tun. Wir positionieren uns über Nachhaltigkeit im Schweizer Markt."

"Natürlich. Wir rezyklieren unsere Kaffeekapseln nicht, für unser WC-Papier sterben immer noch Bäume, die Leute drucken immer noch jede E-Mail und wenn sie am Abend das Fenster schliessen und das Licht löschen, ist das ein Wunder." Um diese Uhrzeit habe ich keine Lust, freundlich zu sein.

"Hören Sie auf, den Apostel zu spielen. Manche Entwicklungen brauchen Zeit."

Oder einen anderen CEO, eine Vorzeigefigur mit Führungs-qualitäten.

"Was tun wir jetzt?"

Oh ja, was tun wir jetzt. Oder besser gesagt: Was tue ich jetzt, denn er macht ja nichts.

Ich verfasse eine Stellungnahme, die durch die gesamte GL zum Sign-off muss. Die Auseinandersetzung dauert drei Tage lang und ich gewinne sie am Ende nur, weil alle GL-Mitglieder ins Ski-Weekend wollen und ihnen der Geduldsfaden reisst.

"Dann tun Sie doch, was Sie wollen, Sie unsägliche Nerven-säge!"

Vor zwei Stunden ging die Stellungnahme raus – zwei Tage zu spät, aber wenigstens korrekt, so dass unser Börsenkurs nicht noch weiter abstürzt.

Ich bin ferienreif.

Samstag, 12. Februar, bis Sonntag, 13. Februar

Da ich nicht beim Ski-Weekend dabei bin, unterhält mich Pavel mit einer kleinen Schwemme an Chat- und Video-Nachrichten über die aktuell trendigste Social-Media-App für unsere Smartphones:

(13.05 Uhr) Wetter toll. Schnee mager. Zeeman und Froggy auf schwarzer Piste zusammengestossen. Zeeman Kreuz-bandriss. Froggy Prellungen. Im Krankenhaus Diskussion, wer auf den Idiotenhügel gehört. Sonnige Grüsse, Pavel

(16.19 Uhr) Feines Zvieri in der Alphütte. Das Salami-Brot meiner Träume. Das schmeckt nach einem zweiten. Mampfige Grüsse, P.

(19.48 Uhr) Nachtessen Fondue und Raclette mit viel Weisswein und Kirsch. Sei froh, dass du nicht da bist. Meine Leber hat gerade gekündigt. Nastrovje, P.

(22.12 Uhr) After-dinner Drinks die übliche Orgie. TBB tanzt auf dem Tisch mit Mostkopf. Video angehängt. Kein schöner Anblick. Beachte den 80er-Jahre-Scheiss, der aus den Lautsprechern dröhnt. Wehleidige Grüsse, P.

(0.37 Uhr) Geisterstunde: TBB und Mostkopf gerade durch die Hintertür verschwunden. Der Leiter Kundendienst liegt bewusstlos unter dem Tisch, in den Armen vom ebenfalls bewusstlosen Leiter Controlling. Siehe Video. Ich gehe jetzt ins Bett. Gute Nacht, Pavel

(08.45 Uhr) TBB sieht geschafft aus. Mostkopf ist verkatert. Der CEO unterhält sich lautstark mit beiden. Grins, P.

(16.36 Uhr) Wir sitzen im Bus nach Zürich. Keine Toten zu beklagen. Melde mich ab. Bis morgen, P.

Woche 6

Montag, 14. Februar, 12.30 Uhr

Pavel und ich gehen über Mittag joggen. Er reagiert erstaunt, als ich ihm erzähle, dass ich am Wochenende zweimal im Yoga-Studio war. Einmal für eine normale Stunde, einmal für einen dreistündigen Workshop.

"Mann, ich sehe schon, du schlägst irgendwann dort deine Zelte auf", brummt er. "Sind die Frauen wenigstens hübsch?"

Ich ignoriere die Frage.

"Hast du die Fotos vom Ski-Weekend auf dem Intranet-Server gesehen?", fragt mich Pavel nach einigen Minuten stillen Rennens und Japsens.

"Ja. Von wem sind die Fotos von TBB und Mostkopf im Bett?"

"Tanner hatte das Zimmer neben TBB, mit angrenzendem Balkon."

"Musste er klettern oder konnte er schleichen?"

"Er musste klettern, und das im 2. OG. Er ist wild entschlossen, sie loszuwerden."

Dienstag, 15. Februar, 9.43 Uhr

Die GL-Sitzung läuft nicht einmal so schlecht. Der Kindergarten ist heute leidlich konzentriert. Bis wir zum Antrag von Mostkopf kommen.

Die GL liest den Antrag. Stutzt. Liest ihn erneut. Wie stets hat niemand seine Hausaufgaben gemacht und den Papierberg über das Wochenende durchgearbeitet. Mit dem Ski-Weekend als Ausrede klappt das ganz gut.

"Wydmer, bieten Sie sie auf."

Ich rufe den Mostkopf an. Ihre ölig-vertrauliche Stimme lässt in mir den Wunsch aufkommen, mein Ohr zu desinfizieren oder gleich ganz abzuschneiden.

"Frau Müller. Sie schlagen uns eine Partnerschaft mit einem hinterwäldlerischen Naturschutzbund vor. Wir sollen einen Wanderweg sponsern?" Ein deutliches: "Geht's eigentlich noch?", schwingt im Tonfall des CEOs mit.

Der Mostkopf hat kein Gespür für nicht-verbale Kommunikation. "Genau."

"Und worin bitte liegt unser Gewinn?"

"Wir schaffen die Verbindung zwischen Freizeit und Investieren über eine positive nachhaltige Assoziation."

Nils Zeeman, dessen ganzes linkes Bein in einer mit Klettverschlüssen befestigen Schiene steckt, blättert durch seine Unterlagen. Er wirkt sehr müde. "Ich sehe weder die Verbindung noch die Assoziation."

"Vielleicht sollten wir stattdessen einen Kaninchenzüchterverein sponsern?", sagt Tanner. Seine Stimme trieft vor Hohn.

Im Gesicht des Mostkopfs geht die Sonne auf. "Das ist eine brillante Idee!"

Der CEO räuspert sich. "Frau Müller, ich gebe dieses Konzept an Sie zurück mit dem Auftrag, es zu überarbeiten. Finden Sie einen Weg, wie wir uns nachhaltig engagieren können, ohne uns zu blamieren oder das Geld nach dem Giesskannenprinzip auszuschütten."

Freitag, 18. Februar, 10.05 Uhr

Die Break-out Session der GL beginnt in diesen Minuten und ich kann aufatmen. Das Führungsgremium der BuBi AG ist seit einigen Monaten sehr nervös, weil sich die Wirtschaft zwar erholt, aber die BuBi AG noch immer beträchtliche Abflüsse in den Assets under Management, also den verwalteten Kundengeldern, verzeichnet. Wie unsere Controlling-Fritzen scherzhaft kolportieren, geht es bei der Fortsetzung dieses Trends noch knapp drei Jahre, bis wir pleite sind.

Diese Break-out Session soll – wieder einmal – alles ändern. Sie ist so geheim, dass sogar ich ausgeschlossen bin. Ich muss zwar vor Ort sein, falls es Probleme zu lösen gilt, aber für einmal schreibe ich nicht das Protokoll.

So sitze ich in der Lounge des Hotels Montana und geniesse den wunderschönen Blick über Luzern und den Vierwaldstättersee zu den schneebedeckten Bergen. Vor mir stehen eine Kanne Sencha-Grüntee und ein Laugenbrötchen mit Butter.

Ich werde den Tag damit verbringen, den iPad als mögliches Instrument gegen die Papierflut unserer GL zu evaluieren.

Zu diesem Zweck durfte ich mir auf Spesen ein eigenes Exemplar kaufen, das grösste und stärkste, das es derzeit auf dem Markt gibt.

Ich logge mich auf meinem Laptop per Remote ins Firmennetzwerk ein und starte die Instant-Message-Applikation. Kaum schaltet mein Präsenzzeichen auf Grün, ist die erste Nachricht von Pavel da.

mip@wyn (10.07 Uhr) Finde es immer noch ungerecht, dass du das Teil evaluieren darfst. Hätte auch gerne ein gratis iPad!

wyn@mip (10.08 Uhr) Soll ich Leuli sagen, dass dir der Job zusteht?

mip@wyn (10.10 Uhr) Nein, lass mal. Das Ding ist wahrscheinlich das Zuckerchen für irgendeine neue Scheissaufgabe.

Daran habe ich auch schon gedacht. Gleichzeitig ärgert es mich, dass die Evaluation nicht noch etwas warten konnte, bis die neue Generation des iPads zur Verfügung steht. Leuli zuckte bei dem Einwand nur die Schultern. "Dann kaufen Sie sich dann halt auch noch das Neue."

Und das vom CEO einer Firma, die für Nachhaltigkeit bekannt sein will.

Zum Mittagessen lasse ich mir Nüsslisalat mit Speck und Ei und eine feine Blumenkohl-Cremesuppe schmecken. Es ist schön, einen Arbeitstag in Stille zu verbringen, ohne dass einen die ganze Zeit jemand unterbricht oder vollquatscht.

Als ich kurz nach zwei wieder in der Lounge sitze, läutet mein Smartphone. Leuli ist dran mit dem Auftrag, sogleich einen Arzt zu rufen. Zeeman ist zusammengebrochen.

Als ich in den Seminarraum komme, herrscht dort Panik. Alle zerren an Zeeman rum, der matt auf einem Stuhl sitzt, und keifen sich gegenseitig an.

"Ruhe! Sofort!", brülle ich, damit mich überhaupt jemand hört. Die anderen GL-Mitglieder gehorchen. Ich scheuche sie weg von Zeeman.

"Können Sie gehen, wenn ich Sie stütze?"

Zeeman nickt schwach. Ich lege mir seinen Arm um die Schultern. "Machen Sie weiter mit Ihrer Sitzung", wende ich mich an den CEO. "Ich kümmere mich um ihn."

Es ist nicht weit bis zur Lounge. Ich setze Zeeman in einen bequemen Sessel in einer ruhigen Ecke, lege Zeitungen auf einen zweiten und lagere sein geschientes Bein hoch. Dann bestelle ich eine Decke, einen starken Schwarztee und ein Mineralwasser, die ich sogleich bekomme.

Ich breite die Decke über Zeeman und rühre drei Zucker und eine grosszügige Menge Milch in den Tee. Zeeman trinkt in langsamen Schlucken. Bald kehrt etwas Farbe in seine Wangen zurück.

Der Doktor kommt und beschäftigt sich mit seinem Patienten. Die Diagnose ist die erwartete. Zeeman hat Wein getrunken, was sich nicht mit den Medikamenten verträgt, die er wegen seines Kreuzbandrisses nehmen muss.

"Sie waren mutig, ihn zu transportieren", sagt der Doktor zu mir.

"Glauben Sie mir, bei mir hatte er die besseren Überlebenschancen als bei den anderen." Ich zeige ihm Zeemans Handgelenk, wo ihn die GL-Mitglieder in ihrer Panik gekratzt haben.

Der Arzt macht ein verärgertes Geräusch und versorgt die blutigen Striemen. "Hat er noch mehr Verletzungen?"

"Mit der rechten Schulter oder dem Ellbogen stimmt etwas nicht. Er ist Rechtshänder, konnte aber die Tasse nicht hochheben."

"Er kann übrigens auch selbst sprechen", meldet sich Zeeman zu Wort. Er sieht schon wieder einiges besser aus.

Als der Arzt schliesslich geht, haben wir nur wenig Aufsehen erregt. Die junge Frau, die für die Lounge zuständig ist und während meiner Abwesenheit auf meine Sachen aufgepasst hat, hilft mir, alles zu Zeeman zu zügeln.

Während ich weiterarbeite, macht er ein Schläfchen. Als ich einmal zu ihm hinschaue, fällt mir auf, wie alt er aussieht für seine 43 Jahre. Er ist ein typischer Holländer mit hellen Haaren und Augen und einem etwas dicklichen, schwammig-verlebten Aussehen. Wie viele Nordlichter trinkt er sehr gern und sehr viel, und man beginnt es zu sehen.

"Nik, können Sie Auto fahren?", fragt er mich, als er aufwacht.

"Ja."

"Würden Sie mich nach Hause fahren?"

"Was fahren Sie?"

"Einen Porsche."

Super. Ich hasse Sportwagen und die Sportwagen hassen mich. "Sind Sie Vollkasko versichert?"

"Klar."

"In Ordnung."

Ich hole Zeemans Krücken und Habseligkeiten und melde uns gleichzeitig bei der GL ab. Die Luft im Seminarraum ist zum Schneiden dick. Man schenkt mir nur beiläufige Aufmerksamkeit.

Als wir abfahrbereit sind und ich mich hinter das Steuer setze, verstehe ich, wie Zeeman mit seiner Beinschiene überhaupt fahren konnte. Der schwarze Porsche 911 hat ein Automatikgetriebe. Das ist etwa so sexy, wie wenn man eine Harley mit Stützrädern versieht.

Auf der Heimfahrt bereue ich meine Zusage mindestens tausendmal. Autofahrtechnisch gehöre ich zu den Weicheiern. Ich habe zwar mit achtzehn Autofahren gelernt, aber noch nie selbst eins besessen, weil mir einerseits der Unterhalt zu aufwendig ist und ich andererseits von der Veranlagung her tief grün bin.

Die heutigen Autos sind mir zudem viel zu hoch motorisiert und zu gross. Mein Traumauto wäre ein Deux-Chevaux ("2CV") in einer unmöglichen Pastellfarbe, den mir nie jemand stehlen würde.

Ich fahre heute nur noch und habe deshalb den Führerschein immer dabei, weil ich ab und zu mit Pavel unterwegs bin und er froh ist, wenn er sich für einmal nicht hinter das Steuer setzen muss.

Zeeman schläft auf halbem Rückweg ein. Er wohnt in Birmensdorf, was alles in allem noch gut machbar ist. Sein Navi quäkt mich nach Hause. Ich weiss nicht, wie er diese nervige Frauenstimme aushält.

Als ich bei ihm vorfahre, beginnen zwei riesige Hunde im

Garten des Einfamilienhauses zu bellen. Eine Frau, Typ Model mit fünf Schönheitsoperationen, kommt zum Auto. Meine Befürchtungen bewahrheiten sich nicht. Sie ist keine Zicke, sondern nimmt sich gekonnt und ruhig der Aufgabe an, Zeeman ins Haus zu bringen. Offenbar hat sie viel Übung darin.

Als ich in der S-Bahn in die Stadt sitze – Birmensdorf hat einen Bahnhof – kommt eine SMS von Pavel.

Weiss endlich, weshalb sie heute Mostkopfs Büro gezügelt haben. Du bekommst am Montag eine Assistentin! Schönes Weekend. Gruss, P.

Woche 7

Montag, 21. Februar

Ich kann es kaum glauben, aber dies ist erst meine siebte Woche in diesem Höllenjob. Es kommt mir vor wie ein ganzes Leben, und wahrscheinlich bin ich in der Zeit um Jahre gealtert.

Meine heutige Nervenprobe scheint tatsächlich darin zu bestehen, dass ich eine Assistentin bekomme. Eine Mail vom CEO, gesandt um fünf Uhr morgens von seinem Smartphone, kündigt mir die grandiose Neuigkeit an.

Von: Stefan Leuli (04.59 Uhr)
An: Nicolas Wydmer

Re: Unterstützung

Zu Ihrer Entlastung Assistentin eingestellt.

Gruss, S. Leuli
sent from my mobile

Mir wäre einiges wohler, wenn ich sie vor ihrer Einstellung hätte anschauen dürfen.

Als die junge Frau kurz nach neun mein Büro betritt, starrt sie mich an wie einen Zombie. Mein mentaler Check ergibt keinen Grund dafür. Ich habe mich rasiert und die Zähne geputzt. Ich bin geduscht, so gut frisiert, wie es mit meinen Haaren möglich ist, und mein Anzug ist frisch aus der Reinigung. Offenbar tut mir der Job wirklich nicht gut.

"Nik Wydmer. Sehr erfreut."

"Daniela Saner."

Sie ist Mitte Zwanzig und sieht aus wie die Chicks von heute. Eine Langhaarfrisur, die von Barbie kopiert scheint und sie wahrscheinlich Stunden kostet, ein paar Kilo Make-up im Gesicht, unter dem die Pickel doppelt so gut spriessen, Silberketten um den Hals und um die Handgelenke und zu enge Kleidung, vorwiegend in Schwarz, die ihre etwas moppelige Figur nicht gerade gut betont.

Definitiv nicht, was ich mir ausgesucht hätte.

Sie wird sich das Büro mit Mostkopfs Assistentin, einer Camille Châtelain, teilen. Keine Ahnung, woher diese ebenfalls junge Frau aufgetaucht ist. Ich habe sie noch nie zuvor gesehen, obwohl sie offenbar schon für den alten Leiter Marketing gearbeitet hat. Sie ist genau so schlicht und still wie meine neue Assistentin schrill ist.

Über Mittag gehe ich mit Pavel joggen. Es ist scheisskalt. Während ich bibbernd in den Schal atme, den ich mir um den Hals und den unteren Teil des Gesichts gewickelt habe, und meine Hände vor Kälte fast abfallen, joggt Pavel fast schon leichtfüssig neben mir her.

Er hat grosse Fortschritte gemacht. Zwar schnauft er immer noch wie ein Bernhardiner mit Asthma, aber seine Muskeln sind dabei, sich an das Training anzupassen. Unser Tempo hat sich von einem tatterigen Schneckengalopp inzwischen so weit entwickelt, dass uns keine Spaziergänger mehr überholen.

Dienstag, 22. Februar

Nils Zeeman ist immer noch krank. Der Rest der GL ist von der Break-out Session gereizt. Keiner kann die Gegenwart der anderen ertragen. So bin ich rasch erlöst.

Meine Assistentin macht sich erstaunlich gut. Der CEO scheint sie nicht nach dem Los-Prinzip (welche Bewerbung ziehe ich zuerst aus dem Stapel) ausgewählt, sondern sich wirklich etwas dabei überlegt zu haben.

Ich kann ihr das ganze Medien-Monitoring und weitere Themen praktisch ohne Einführung übergeben. Sie nimmt auch die letzten Bestätigungen für den Teambildungsevent vom Freitag vor.

Zum ersten Mal habe ich Zeit, mich den Mailmassen in meiner Inbox anzunehmen.

Freitag, 25. Februar, 6.05 Uhr

Es ist sechs Uhr in der Früh. Wir sind auf dem Weg in die Alpen. Der Car ist nur halb voll. Im Kanton Zürich ist dies der letzte Tag der Sportferien und alle, die schulpflichtige Kinder haben und mit ihnen Ski fahren waren, stossen direkt in den Bergen zu uns.

Ich bin wie meist ganz hinten im Car. Pavel schläft eine Reihe vor mir. Sein Schnarchen klingt wie das Schnurren einer zufriedenen Katze.

100

Als wir die Berge erreichen, bleibt der dicke Hochnebel hinter uns und wir finden uns im strahlenden Sonnenschein und Neuschnee wieder. Beim Schlittenhundecamp begrüsst uns freudiges Kläffen.

Der Trainingsleiter gibt uns bei Kaffee, Tee und Gipfeli unsere Anweisungen durch. Dann geht es hinaus auf die Hochebene.

Während die verschiedenen Teams ihre Iglus bauen und dazu mit den anderen Material und Wissen tauschen, höre ich etwas, das in unserer Firma sehr selten ist: fröhliches Lachen. Alle geniessen das Fahren auf den Schlitten. Diese sind so konstruiert, dass auch wir Laien die Hunde lenken dürfen. Der erfahrene Musher steht hinter uns auf den speziell verlängerten Kufen und korrigiert, wenn wir etwas falsch machen.

Auch die Hunde scheinen Spass zu haben. Die Samojeden, weisse Fellknäuel mit dunklen Knopfaugen, und Sibirischen Huskys, grauer Rücken und stahlblaue Augen, rennen pfeilschnell über den Schnee. Ihre Mundwinkel sind weit zurückgezogen, so als würden sie lachen.

Als Organisator und Troubleshooter des Spiels habe ich mein eigenes kleines Gespann. Als ich allen Teams das Mittagessen gebracht habe, das im Iglu eingenommen wird, spanne ich gemeinsam mit dem Musher die Hunde aus. Er zeigt mir, wie ich ihre langen Leinen korrekt im Schnee verankere, so dass die Tiere sich grosszügig bewegen, aber nicht befreien können. Danach legt er sich auf die Schnauze seines Jeeps, um einen Mittagsschlaf in der Sonne zu halten. Bis die anderen Teams nach dem Mittagessen zu uns zurückkehren, haben wir nichts mehr zu tun.

Bei den Hunden befindet sich ein grosser Stein mit flachen Seiten, der sich als Rückenstütze eignet. Ich setze mich auf eine Isoliermatte in den Schnee, eine zweite Isoliermatte im Rücken, und beginne auf Notizpapier meinen Bericht für die GL zu schreiben. Der iPad spiegelt im Sonnenlicht zu sehr.

Bald spüre ich ein Gewicht an meiner Seite. Einer der Samojeden hat sich neben mir zusammengerollt. Ich streichle ihn und arbeite weiter.

Das Klicken von Fotokameras holt mich aus meiner Konzentration. Das ganze Direktionskader steht vor mir und glotzt mich doof an. Ich suche nach dem Grund und sehe, dass mein gesamtes Gespann sich um mich herum verteilt hat. Jeder der Hunde berührt mich. Einer liegt lang ausgestreckt neben mir, den Kopf auf meinem Oberschenkel.

"Bloody Grizzly Adams!", schnaubt TBB.

Wahrscheinlich meint er es als Beleidigung, aber die Serie "Der Mann aus den Bergen" war eine der Lieblingssendungen meiner Kindheit. Und ich könnte mir ein Leben in der Wildnis gut vorstellen, da es dort kein Direktionskader gibt.

Als ich aufstehe, erhebt sich das kleine Rudel und streckt sich intensiv. Zum Neid vieler darf ich dem Musher helfen, die Tiere in ihre Transportkäfige zu bringen.

Die Break-out Sessions im Hotel gehen bis in den frühen Abend und verlaufen positiv. Eine ganze Liste mit Prozessoptimierungen entsteht.

Am Samstagmorgen auf der Heimreise unterhalten sich viele im Car angeregt.

Woche 8

Montag, 28. Februar, 7.30 Uhr

Ich hasse es, wenn das Telefon klingelt, noch bevor ich meinen Mantel ausgezogen und mein kleines Backpack abgestellt habe.

"Wydmer, kommen Sie bitte in mein Office."

Um 7.35 Uhr stehe ich im Büro des CEOs. Was habe ich jetzt wieder ausgefressen?

"Setzen Sie sich."

Leuli blättert in seinen Unterlagen, dann schaut er mich über den Rand seiner Lesebrille hinweg an. Seine Brauen ziehen sich dabei in die Höhe und legen die gesamte Stirn in Handorgelfalten.

"Der Teambildungsevent, Wydmer. Perfekt organisiert, das muss ich Ihnen lassen, aber was für eine Warmduscher-Veranstaltung! Ihr Auftrag war es, uns zu challengen, und nicht, uns einen Streichelzoo zur Verfügung zu stellen. Nun denn, da Ihnen die Schuhe des Organisators mehrere Nummern zu gross sind, habe ich mich entschlossen, eine externe Firma mit der Planung und Durchführung zu beauftragen und die Häufigkeit auf zweimal im Monat zu erhöhen. Hier haben Sie die Unterlagen. Der Ansprechpartner ist angekreuzt. Geben Sie ihm eine Liste mit den E-Mail-Adressen aller Direktionsmitglieder. Damit ist die Sache für Sie erledigt."

Als ich weggeschickt werde, gehe ich Pavel in seinem Büro besuchen. Er hat bei seinem Einzug einen Punchingball aufgehängt. Schade ist es kein dreissig Kilo schwerer Sandsack, aber das kleine Ding muss für den Moment reichen.

Pavel beobachtet mich mit grossen Augen. Als ich ihm den Grund für meinen Groll erkläre, werden seine Augen noch grösser.

"Gibt's doch nicht. Zum ersten Mal ziehen bei dem Scheiss alle mit und es schaut etwas dabei raus – zumindest mehr als eine hohe Alkoholrechnung – und dann nimmt man dir den Job weg."

Wir blasen gemeinsam Trübsal.

"Übrigens", sagt Pavel plötzlich, "mein Flag auf TBB hat bisher nichts ergeben, was mich dazu bewog, etwas tiefer zu graben. Schau dir mal das an."

Er zeigt mir ein Excel-Sheet. Die Rechnungen für TBBs sehr kostspielige Kundenfang-Events in England haben sich seit letztem September um mehr als fünfzig Prozent verteuert. Gleichzeitig wechselte der Organisator/Caterer.

"TBB wurde im vergangenen Sommer geschieden", fügt Pavel erklärend hinzu.

"Du glaubst, ein Teil des Geldes fliesst in seine Taschen zurück?"

"Möglich wäre es. Drei Töchter und eine Upper-Class-Frau kosten einiges an Alimenten."

"Gibt es eine offensichtliche Verbindung zwischen TBB und dem Caterer?"

Pavel schiebt sich die Brille zurecht. "Das Merkwürdige ist die fehlende Verbindung. TBB hat auf Facebook über tausend Freunde, darunter auch den CEO der Firma, die die Büros in London ausmistet – sorry – reinigt und den CEO des Wasserzulieferers, die alte Catering-Firma und viele weitere. Die neue Catering-Firma fehlt. Und es ist nicht so, als würde er nicht täglich neue Freunde hinzufügen."

Pavel klappert auf dem Keyboard herum.

"Was ich nun noch versuche ist, ob es zwischen TBB und dem Caterer anderswo Verbindungen gibt. Der Ansprechpartner scheint eindeutig. Siehst du, auf den Rechnungen taucht immer der gleiche Name auf. Verwandt, angeheiratet, gleiche Schule, gleiche Uni, gleicher Club, das ist jetzt die Frage."

Ich nicke nachdenklich. Pavel war schon immer ein ausgezeichneter Analytiker. Wenn jemand etwas findet, dann er.

Dienstag, 1. März, 11.15 Uhr

Die heutige GL-Sitzung verlief seltsam, und als ich mich wieder vor meinen PC setze, wundere ich mich, um welches Thema es genau ging, von dem ich nichts erfahren sollte. Bedeutungsschwere Blicke, rätselhafte Aussagen – "Das sehen wir dann bald." – und einige Fast-Versprecher machten die Sitzung für einmal fast interessant. Aber eben nur fast. Es ist pathetisch, wenn fünf Erwachsene 007 spielen.

Das Alert-Fenster unten rechts am Bildschirm zeigt mir eine neue Mail an. Sie ist von der externen Firma, die per sofort für die Teambildungsevents zuständig ist. Sie nennt sich Peacemaker Enhanced Trainings Ltd. Die Mail ist in Englisch, was interessant werden dürfte, da nur die Hälfte der Firma dieser Sprache mächtig ist.

Von: Nina Amity (11.14 Uhr)
An: Nina Amity

Re: Nächstes Teambildungsevent – save the date

Liebes Direktionskader der BuBi AG

Ihre GL hat uns erwählt, Sie in die wunderbare Welt der Teamarbeit einzuführen, und wir freuen uns, die Herausforderung gemeinsam mit Ihnen anzunehmen. Wir werden Ihren Charakter und Ihre Teamfähigkeiten formen und fördern. Bald werden Sie miteinander durch dick und dünn gehen, erfolgreich alle Hindernisse gemeinsam überwinden und Ihre Firma in den Olymp der grossen der Branche tragen.

Die Peacemaker Enhanced Trainings Ltd verfügt über langjährige Erfahrung als Enabler einer neuen Firmenordnung. Bereits viele Unternehmen sind mit uns den Weg aus Schweiss und Blut gegangen und entsprangen dem Prozess als erschlankte, schlagkräftige Entitäten, die voller Zuversicht und Kampfbereitschaft in die Zukunft blicken. So bald auch die BuBi AG.

Auf Wunsch der GL findet der nächste Teambildungsevent am Freitag, den 11. März, statt. Bitte reservieren Sie sich diesen Termin. Details folgen kurz vor dem Event. Vollständiges Erscheinen ist Pflicht.

Wir wünschen einen zauberhaften meteorologischen Frühlingsanfang.

Herzliche Grüsse

Nina Amity
Ausbildungsleiterin, Peacemaker Enhanced Trainings Ltd

Ich habe die Mail kaum fertig gelesen, als Pavel bei mir im Office steht. "Sag mal, hat's denen ins Hirn geschissen?", fragt er genervt.

Ich persönlich fühle mich versucht, den sich abzeichnenden Kulturwandel mit einem Gruss zu kommentieren, der seit vielen Jahren verboten ist. Ich kann totalitäre Tendenzen nicht ausstehen.

Pavel spricht es aus. "Ich wette, das geht auf das Konto von Il Duce. Ein Militärkopf zieht den nächsten an."

In diesem Moment erscheint ein weiterer Mail-Alert. Die Überraschungen des Tages sind noch nicht zu Ende. Die Mail ist ebenfalls in Englisch.

Von: Stefan Leuli (11.21 Uhr)
An: Alle Mitarbeitenden Standort Schweiz

Re: Prozess-Analyse und -Optimierung durch externe Consultants

Liebe Mitarbeitende

Mit Freunde teile ich Ihnen mit, dass die Consulting-Firma [...] sich in den nächsten Tagen und Wochen bei uns in der Firma aufhalten und unsere Prozesse analysieren wird. Die so gewonnenen Erkenntnisse dienen dazu, unsere Prozesse zu optimieren und die Wettbewerbsfähigkeit unserer Firma zu steigern.

In der Beilage ersehen Sie den Einsatzplan der Consultants. Bitte gewähren Sie ihnen freien Zugang zu Ihren Arbeitsstationen, Ihren Unterlagen und Ihrem Wissen.

Ich danke für Ihre Kenntnisnahme.

Freundliche Grüsse
Stefan Leuli, CEO

Pavels Laune ist in den Minus-Bereich gesunken. "Mein Englisch ist nicht gerade perfekt, aber selbst ich sehe etwa sieben Grammatik- und Orthografie-Fehler in diesem Text. Hat er ihn dir nicht zum Lesen gegeben?"

Ich schüttle den Kopf.

"Vielleicht solltest du ihm mal dein Stellenprofil über den Kopf ziehen."

Meine Erwiderung besteht aus einem Seufzen. Ich suche im Internet ein Zitat, formatiere es im Word, so dass es auf ein Blatt Papier passt und drucke es aus. Danach hänge ich es demonstrativ an die Wand in meinem Rücken.

Wahnsinn bei Individuen ist selten,
aber in Gruppen, Nationen und Epochen
die Regel.
[Friedrich Nietzsche]

Pavel liest das Zitat. "Mach mir auch einen Ausdruck."

Mittwoch, 2. März

Heute erledige ich all das, was für einen Kommunikationschef zum daily Business gehört: Ich beginne mit Presseanfragen beantworten, Marketinganfragen beantworten, Online-Anfragen beantworten und Kundenanfragen beantworten, die die werten Damen vom Empfang an mich weiterleiten, wenn sie sonst niemanden erwischen.

Manchmal hätte ich Lust, ein Tonband aufzunehmen und bei Anrufen einfach dieses abzuspielen. Wahrscheinlich würden meine Gesprächspartner es nicht einmal merken.

Danach wende ich mich denjenigen Dingen zu, die zum hundertsten Mal schiefgegangen sind: Bilder, deren Rechte wir nicht erworben haben und die in unseren Broschüren aufgetaucht sind (im Marketing will es nie jemand gewesen sein; alle sind immer mit selektiver Amnesie geschlagen), Präsentationen, die unsere Gestaltungsrichtlinien (CICD auf Neudeutsch) einfach negieren oder sogar in den Farben der Konkurrenz daherkommen (wahrscheinlich weil jemand sie eins zu eins von dort mitgebracht hat), oder die kleinen Ausrutscher unserer Verkäufer, wenn sie mal wieder finden, rechtliche Rahmenbedingungen gelten immer nur für die anderen.

Danach arbeite ich an Unterlagen für die GL, die ihren Weg wahrscheinlich direkt in den Papierkorb finden. Als endlich Feierabend ist, bin ich so gereizt, dass mir fast der Dampf aus den Ohren steigt.

Die Sporttasche mit den Yoga-Sachen ist meine Rettung. Einfach neunzig Minuten lang die Kontrolle abgeben, an nichts mehr denken und sich die Seele aus dem Leib schwitzen. Für mich im Moment der Himmel auf Erden.

Donnerstag, 3. März

An diesem Tag lädt einer der bekannten Informatikdienstleister der Schweiz zu einem Ausbildungsevent ein. Pavel und ich sind gemeinsam dort. Der neue Online-Chef der BuBi AG, mein Nachfolger, befand seine Anwesenheit nicht für nötig.

Wir lassen uns über Wikis und Multi-site Management informieren, essen die scheusslichsten Gipfeli, die uns je jemand vorgesetzt hat, und geniessen den Vormittag jenseits des Wahnsinns unserer Firma, wo wahrscheinlich gerade in diesem Moment die Consulting-Geier über unsere Unterlagen herfallen.

Nach dem Event schauen wir rasch im Office vorbei (noch sieht alles normal aus) und machen dann zeitig Feierabend. In früheren Jahren war der 3. März immer der Tag, an dem Pavel und ich uns betranken, obwohl ich normalerweise fast abstinent lebe.

Vor einigen Jahren erlebten wir dann den totalen Blackout. Ich bin im Besitz einer Krankenhaus-Bescheinigung, die besagt, dass ich Pavel in jener Nacht vom 3. auf den 4. März ins Krankenhaus gebracht habe und dass wir den Anzeichen nach in eine Schlägerei geraten waren.

Pavel hat eine fünf Zentimeter lange Narbe am Oberarm, um das zu belegen. Nur erinnere ich mich kein bisschen mehr daran, genauso wenig wie er.

Meine Erinnerung stoppt beim dritten Glas Bier in einer Bar im Niederdorf am 3. März und setzt wieder ein am Abend des 4. März bei mir zu Hause, als ich im Sessel erwache und Pavel sich auf dem Sofa umdreht.

Sein Black-out beginnt zwei Biere später in einer anderen Bar und endet etwa eine Stunde nach meinem, als er mich im Bad die Seele aus dem Leib kotzen hört.

Abgesehen davon, dass der Erinnerungsverlust sehr beängstigend ist (wir haben nicht die Abgebrühtheit junger Kampfsaufer), handelten wir uns eine massive Standpauke von Elenor, Pavels Frau, ein, die uns noch heute in den Knochen steckt.

So ist der 3. März zu unserem Altherrenabend geworden. Pavel kommt zu mir und kocht den Hauptgang wie früher zu WG-Zeiten. Ich bereite Tiramisu als Dessert zu. Zu trinken gibt es Mineralwasser, Kombucha und Apfelsaft.

"Und für wie viele Leute kochst du?", frage ich wie jedes Jahr nach einem Blick in die Pfannen.

"Ich habe einmal im Jahr die Chance, dich zu mästen, und die nutze ich. Mehr essen und weniger Sport wäre wirklich angebracht, Nikki."

Ich gebe ein Grollen von mir.

Wir setzen uns an den Tisch und stossen auf die alten Zeiten an. Danach fallen wir über das Essen her. Wie stets ist es sehr lecker, und wir vertilgen alles bis auf den letzten Krümel. Zum Tee setzen wir uns vor den Fernseher und schauen B-Movies. Dabei amüsieren wir uns köstlich.

Um ein Uhr nachts fährt Pavel dann nach Hause und mir wird wieder einmal bewusst, wie leer die Wohnung ist, seit sie keine WG mehr beherbergt.

Freitag, 4. März, 11.41 Uhr

Ich freue mich bereits auf das Wochenende, als eine Instant Message von Pavel auf meinem Schirm erscheint.

mip@wyn (11.41 Uhr) Als Warnung: Das Foto von dir und den Huskys führt mit vierhundert Downloads die Hitliste vom Teambildungsevent an. Bis jetzt haben mich fünf Frauen und zwei Männer gefragt, ob du Single bist, inklusive Mostkopf.

Pavel hat über Mittag Sitzung, so nehme ich mein Mittagessen allein am See zu mir. Während die Menschen in meinem Rücken vorbeischlendern (ich habe mir eine Bank direkt am Wasser geschnappt), muss ich immer wieder den Impuls unterdrücken, mich im nächsten Busch zu verstecken.

Am Nachmittag entdecke ich, dass die Seuche wirklich grassiert. Sowohl meine Assistentin wie die von Mostkopf haben das Bild von mir und den Huskys als Bildschirmhintergrund. Sie zeigen es mir stolz und ohne rot zu werden. Der einzige Kommentar: "So süss!"

Vielleicht sollte ich mich für ein Zeugenschutzprogramm anmelden.

Woche 9

Montag, 7. März, 8.14 Uhr

Manchmal frage ich mich, wie weit meine Rolle als Kommunikationschef in dieser Firma geht. Der CEO steht in meinem Office und fuchtelt mit Power-Point-Kunst herum, die er offenbar irgendwo von einer Wand gerissen hat, den fehlenden Papierecken und Klebstreifenresten nach zu urteilen. Man beachte: Es ist Montagmorgen und ich habe gerade erst einen Fuss ins Office gesetzt.

"Sehen Sie sich das an. Eine Sauerei! Und das, während wir Externe im Haus haben."

Es gelingt mir, ihm den Papierstapel einigermassen sanft zu entwinden. Es handelt sich um eskalierende WC-Kunst.

Blatt Nummer eins enthält die Nachricht: "Die WC-Bürste ist nicht nur zur Dekoration da!"

Auf Blatt zwei steht: "Welche Sau ist für die Schmiererei an der Wand verantwortlich?!" Ein Witzbold fühlte sich bemüssigt, mit schwarzem Kugelschreiber auf die eigentlich rhetorische Frage zu antworten. "Sorry, war kein Papier mehr da."

Blatt drei fragt: "Ist es wirklich so schwer, die Schüssel zu treffen???!"

Blatt vier zeigt das veränderte Sujet eines Schweizer Versicherers, der mit lustigen Schadensskizzen Plakatwerbung betreibt. "Ist der Schwanz zu kurz, näher ran!" Die Aufforderung ist ziemlich explizit illustriert.

Blatt fünf zeigt ein Foto, auf das ich nicht genauer eingehen möchte, und "PFUI!" in fünf Zentimeter grossen Buchstaben.

"Sind bei dieser Firma eigentlich alle bescheuert, oder was?", fragt der CEO, der diesen Spruch wahrscheinlich von seinen deutschen Kollegen abgeschaut hat.

"Nein, offenbar Schweine." Die Bemerkung rutscht mir ohne Nachdenken raus. Zum Glück hält Leuli nichts mehr in den Händen, sonst hätte er mir das wahrscheinlich über den Kopf gehauen.

"Tun Sie etwas!", keift er mich an.

"In diesem Fall kann ich nichts tun. Das ist in der Verantwortung von HR." Da ich den Leiter Human Resources nicht ausstehen kann, hat die ganze Angelegenheit fast etwas Lustiges. Soll er die Kacke doch auslöffeln.

"Ich befehle Ihnen, ..."

Meine schlechte Laute kocht über. "Bei allem Respekt, Herr Leuli, es gibt klar definierte Zuständigkeiten in dieser Firma. Ich kann mich nicht einfach in einen anderen Bereich einmischen, nur weil Sie es mir befehlen. Stellen Sie sich einmal vor, der Leiter HR beginnt plötzlich mit Journalisten zu sprechen. Das würden Sie auch nicht zulassen."

Es rattert im Kopf des anderen. "So betrachtet, haben Sie nicht ganz unrecht."

Ohne ein weiteres Wort stakst er davon.

Dienstag, 8. März, Mittagszeit

Die Woche geht so weiter, wie der Montag begonnen hat.

Mostkopf unterbreitet der GL den Antrag für die Lizenzierung des Web-to-Print-Programms, das sie im Verlauf des Februars offenbar evaluiert hat. Die GL ist begeistert.

"Bald können wir alles selber machen und sind nicht mehr auf diese überteuerten Agenturen angewiesen!", sagt Il Duce begeistert.

Ich hätte eigentlich die schweigende Rolle an dieser Sitzung, aber mein Mundwerk ist schneller: "Wer ist 'wir'?"

Ich kann es kaum glauben, dass er mir antwortet. Offenbar betrachtet er mich doch als Lebensform, wenn auch eine unterentwickelte. "Unsere Firma natürlich, wer sonst!"

"Und wo ist der zusätzliche Stellenantrag? Das Web-to-Print-Programm kann von Laien bedient werden, aber für die unter Paragraph zwei aufgeführte Software benötigen Sie einen Grafiker."

Alle schauen mich mit offenen Mündern an. Ich komme mir vor wie im Kaulquappenpool.

"Sie unterstellen Frau Müller Information Hiding?" Il Duce plustert sich auf wie ein Kampfhahn vor dem Angriff.

"Nein."

Dass ich nicht mehr sage verwirrt die GL.

Leuli geht zur Tagesordnung über. "Wir schreiten zur Abstimmung. Wer stimmt dem Antrag zu?"

Alle nicken.

"Wydmer, halten Sie fest: Die GL stimmt dem Antrag zu. Die Einführung der Software ist so voranzutreiben, dass sie Anfang Juni live geht."

Kurz vor Mittag fliegen die Aasgeier der Consulting-Firma bei mir ein. Ich gebe mehrere Stunden lang Auskunft über das Kommunikationsverhalten der GL. In den Augen der Consultants blitzt das Dollarzeichen auf.

So früh, wie es nur geht, verschwinde ich ins Yoga.

Mittwoch, 9. März, 13.30 Uhr

Pavel und ich drehen unsere regelmässige Joggingrunde. Er ist sehr schweigsam und starrt finster vor sich hin. Nicht einmal mein Kompliment, dass er schon sichtbar abgenommen hat, muntert ihn auf.

Wir überholen einen Manager, der Selbstgespräche zu führen scheint.

"Ist dir schon einmal aufgefallen, dass man den früher in die Klapse gesteckt hätte? Seit es aber Mobiles mit In-ear Headsets gibt, ist es völlig normal geworden, mit der leeren Luft um uns herum zu konversieren. Kein Schwein schaut mehr."

Ich gebe einen zustimmenden Laut von mir.

"Wir können die Gesunden nicht mehr von den Kranken unterscheiden."

Auf diese Bemerkung steige ich nun doch ein. "Gibt es überhaupt noch einen Unterschied?"

Pavel grunzt. "Heute war der Mostkopf bei mir wegen Social Media. Sie wollte wissen, was es für einen Unternehmensblog, ein Wiki und mehrere Foren braucht. Ich habe ihr gesagt, eine andere Firma."

Ich lache.

Pavel wird nur noch wütender. "Nein, ernsthaft. Ich finde dieses Social-Media-Getue so etwas von mühsam. Früher hast du vom Moderator auf die Finger bekommen, wenn du in einem Usenet-Forum ein 'me too' gepostet hast. Heute hat jeder virtuelle Logorrhö. 'Hey schaut mal, ich setze mich gerade auf die Toilette. Hey schaut mal, es hat geklappt. Foto angehängt.' Geht's vom Niveau her noch tiefer?"

Wenn ich auf diese Diskussion einsteige, öffne ich ein Fass ohne Boden. Obwohl ich Pavel teilweise zustimme, sehe ich doch noch ein paar Vorteile.

"Was hat dich so sauer gemacht?"

"Wenn ich die Kette der Ereignisse bis zu ihrem Ursprung zurückverfolge: du."

"Und was habe ich getan?"

"Du hast in der GL-Sitzung die Frage nach den Ressourcen für die Spezialisten-Programme, die Mostkopf kaufen will, gestellt. Il Duce zitierte daraufhin Thomas Tanner und mich in sein Office. Er ging auf Tanner los, er solle den Mostkopf gefälligst besser kontrollieren, woraufhin Tanner ausfällig wurde, weil Il Duce den Mostkopf in Eigenregie angestellt und weil sie IT nicht in die Evaluation miteinbezogen hat."

"Autsch."

"Danach durfte ich schlichten. Ich mag es nicht, wenn mein Chef angegriffen wird. Und ich mag es vor allem nicht, wenn man irgendeine Software evaluiert und mich bei der Entscheidung nicht zumindest im Loop hält. Tanner und ich haben erst durch den Antrag vom ganzen Schlamassel erfahren. Der Mostkopf hat nach der Initialsitzung alle weiteren Sitzungen in absentia meines Projektleiters durchgeführt. Und sie und Il Duce haben den Vertrag mit den Externen bereits vor Einreichung des GL-Antrags unterschrieben."

Ich überlege mir, dass man wahrscheinlich nicht viel mehr falsch machen kann beim Verpflichten eines externen Partners.

"Die Kosten?"

"Sie hat nicht verhandelt. Sie hat die Listenpreise unterschrieben."

Der ehemalige Online-Chef in mir schaudert.

"Danach waren wir bei Leuli und wollten ihn dazu bringen, dass Duca den Vertrag rückgängig macht. Und er, der sonst über jeden einzelnen Franken Rechenschaft will, wischt das Thema einfach vom Tisch. Ich glaube, er hat Angst vor Duca."

Ich bin nicht erstaunt. "Es gibt Gerüchte, dass Duca etwas gegen ihn in der Hand hat."

"Weisst du was?"

"Nein. Die Vermutung kommt daher, weil er sich schon so lange hält, obwohl sein Bereich nur noch Abflüsse hat."

"Vielleicht sollte ich ihn mal flaggen."

Donnerstag, 10. März, 6.55 Uhr

Als ich noch etwas verschlafen ins Office komme und die Mailbox öffne, wartet eine E-Mail der Trainingsfirma auf mich und ich erinnere mich daran, dass am nächsten Tag schon wieder einer dieser wunderbaren Teambildungsevents auf mich wartet. Wenn man vom Organisator zum Teilnehmer mutiert, tendiert man dazu, solche Details zu vergessen oder zu verdrängen.

Von: Nina Amity (06.12 Uhr)
An: Nina Amity

Re: Teambildungsworkshop

Liebes Direktionskader

Morgen steht unser Teambildungsworkshop bevor, und ich möchte an dieser Stelle nicht mehr verraten, als dass wir unsere Kuschelzone hinter uns lassen werden. In der Vergangenheit haben Sie die tiefhängenden Früchte der Zusammenarbeit geerntet. Jetzt ist es Zeit für die gestreckten Ziele! Und wir werden Sie dorthin leiten!!!

Bitte bringen Sie outdoorfähige Kleidung und – ganz wichtig – Badekleidung mit. Damit Sie sich ganz auf den Teambildungsevent konzentrieren können, ist das Mitbringen von Laptops verboten.

Der Treffpunkt ist um 5.00 Uhr in der Früh beim
Busbahnhof neben dem Hauptbahnhof Zürich.
Vollständiges Erscheinen ist Pflicht.

Ich wünsche Ihnen einen bezaubernden Tag!

Nina Amity
Ausbildungsleiterin, Peacemaker Enhanced Trainings
Ltd

Pavel klopft via Instant Messaging bei mir an. Ich stelle
meinen Zustand auf "free" um.

*mip@wyn (06.59 Uhr) Um 5 Uhr früh? Und das sagt sie am
Tag vor dem Event? Um diese Zeit fahren noch keine Züge.
Wo sollen all die Leute übernachten, die von auswärts kom-
men?*

Das ist eine sehr gute Frage.

Freitag, 11. März, 5 Uhr morgens

Die Stimmung im Bus befindet sich nahe der Meuterei. Nach
dem Erhalt der E-Mail der Ausbildungsleiterin fuhren viele
Direktionsmitglieder während des Arbeitstages nochmals
nach Hause, packten und kehrten danach nach Zürich zurück.

Nicht mehr alle fanden bezahlbare Hotelzimmer. Mit einer
Hausfrau, einer kleinen Kinderschar, einer Hypothek auf
dem Eigenheim und einem Fuhrpark mit durchschnittlich
zwei Autos haben viele keine Reserven, so dass eine unge-
plante Nacht in einem Fünf-Sterne-Hotel nicht drin liegt.

Der Vollständigkeit halber muss ich anführen, dass die BuBi
AG sich weigert, die Übernachtungen in Zürich zu bezahlen.

Das Argument war, dass jeder schliesslich selbst entschieden hat, wo er/sie wohnt, und dass die Firma nichts dafür kann, wenn das am Arsch der Welt ist.

So fuhren einige am Abend dann doch wieder nach Hause, um zu nachtschlafender Stunde mit dem Auto aufzubrechen. Andere übernachteten im Büro. Während schwieriger Einführungen musste ich das selbst einige Male machen und kann nur bestätigen, dass es kein Spass ist. Man hat beim Aufwachen in etwa die Laune eines Neandertalers mit Zahnweh.

Kurz nach neun, wir befinden uns inzwischen beim Eingang einer abgefackten Jugendherberge, beginnt ein Raunen in der Gruppe. Alle nehmen ihre Smartphones heraus und klicken darauf herum.

"Ich muss zurück", sagt der Portfolio Manager mehrerer grosser Länderfonds in Panik. "Ich muss sofort zurück!"

Als das Raunen bei mir und Pavel ankommt, erkennen wir den Grund. Auf der anderen Seite des Globus findet gerade eine der ganz grossen Katastrophen dieser Welt statt.

"Oh, mein Gott!", sagt Pavel nur und blickt ungläubig auf den Bildschirm meines iPads.

"Meine Herren, es gibt keinen Grund, den Teambildungsworkshop abzubrechen", gibt der CEO den Tarif durch.

Der Portfolio Manager wird noch blasser. "Sind Sie wahnsinnig? Die Börsen werden mit Sicherheit einknicken. Wir vernichten Millionen für unsere Kunden, wenn wir nicht sofort reagieren."

"Lernen Sie zu delegieren. Niemand ist unersetzlich."

Jetzt mische ich mich ein. "Wenn wir falsch reagieren, kann das die Reputation unserer Firma stark schädigen. Als Leiter Kommunikation beantrage ich, dass wir den Teambildungs-workshop für eine Stunde aussetzen, um uns einen ersten Überblick über die Lage zu verschaffen und einen Verhaltensplan aufzustellen."

Der CEO wird rot vor Verärgerung und holt tief Luft.

"Ich finde Niks Vorschlag sehr sinnvoll", stimmt mir Scarpetta zu.

"Ich auch", meldet sich Zeeman zu Wort.

"Auch ich bin dafür", unterstützt uns Tanner.

Mit einem Mehrheitsentscheid seiner GL konfrontiert, gibt Leuli nach. Ich konfisziere alle Laptops, die trotz des Verbots der Ausbildungsleiterin mitgebracht wurden. Es sind gerade mal zehn, plus mein iPad.

Wir verschanzen uns im Speisesaal der Jugendherberge, der aussieht, als hätte er schon die Vandalen beherbergt. Glücklicherweise hat das Berggebiet gute Mobile-Abdeckung.

Ich teile die Leute auf: Wir haben fünf Gruppen von Portfolio Managern und vier mit Analysten, ausgehend von ihren Fokusgebieten, sowie eine mit Verkäufern. Ich selbst verschaffe mir auf dem iPad einen Überblick über die Berichterstattung. Scarpetta und Zeeman lesen mir teils über die Schulter, teils tigern sie zwischen ihren Leuten hin und her.

Nach einer halben Stunde besprechen sich die Portfolio Manager mit den Analysten und telefonieren danach ins Office.

Meine Beurteilung der Berichtserstattung ist, dass man im Moment noch abwarten muss, bis die Lage etwas überschaubarer wird.

Leuli, der nicht begriffen hat, dass wir gerade ein gutes Beispiel für Teamwork unter schwierigen Umständen geliefert haben, nimmt uns sauer wieder in Empfang. Wir dürfen rasch unser Gepäck auf die Zimmer bringen (super, wir sind zu fünft in einem Verschlag) und uns umziehen. Danach heisst es, ab auf die Wiese.

Der Anblick der Trainingsleiterin ist ein ziemlicher Schock. Sie sieht aus wie die C-Movie-Version von Lara Croft. Man stelle sich eine in die Jahre gekommene Ostblock-Athletin vor, die während ihrer aktiven Zeit vollen Zugriff auf Steroide hatte.

Passend dazu verfügt die Frau über eine Stimme wie ein fünf Meter langes Reibeisen. Ein Nachbar von mir nannte so etwas einmal "Kohlenbass".

"Sie sind eine Stunde zu spät!", keift sie uns ohne irgendeine Begrüssung an. "Jetzt aber dalli. Sie, Sie, Sie und Sie bilden Gruppen um sich. Na los!"

Wie in der Schule ruft jeder der vier Genannten jeweils einen Namen. Ich kann nur beobachten: Gleich zu gleich gesellt sich gern. So sind Duca, Tommy Bum Bum und der Leiter Controlling in einer Gruppe.

Wir bekommen farbige Leibchen zum Überziehen. Unsere Aufgabe heisst Football spielen (die amerikanische Variante mit dem ovalen Ball). Ursprünglich war das Spiel als Schneefootball geplant. Da es getaut hat, sind die beiden Spielfelder Matsch und das Ganze gerät zum Schlammcatchen, vor allem, da uns niemand die Regeln erklärt hat.

Nach kurzer Zeit ist die Farbe der Leibchen nicht mehr zu erkennen. Die Gesichter sind unter dem Schlamm verschwunden und es heisst: Alle gegen alle. Den Ball finden wir bald auch nicht mehr.

Als wir deswegen verdattert rumstehen, verpasst uns die Ausbildungsleiterin einen Anschiss nach Boot-Camp-Art.

Florian Oberli, der Leiter Derivate, winkt uns alle zu sich. Er, der immer so korrekt ist, leidet sehr unter den hirnrissigen Vorgängen. "Ich schlage vor, dass wir uns alle in den Geisteszustand von Zehnjährigen versetzen und uns gegenseitig in den Matsch zu drücken versuchen. Dabei bewegen wir uns auf die unmögliche Zicke zu. Wer die Möglichkeit hat, packt sie und tunkt sie in die Lülle. Einverstanden?"

Irre Lichter blitzen in mehreren Augenpaaren auf.

Es ist schliesslich Nils Zeeman, der die Tat vollbringt. (Holländer sind generell recht unkompliziert.) Kaum hat er sie in den Matsch gedrückt, nehmen wir die Haltung scharrender Hunde ein und bewerfen sie mit Matsch, so dass sie sich am Ende aus einem ziemlichen Haufen herauskämpfen muss. Sie flucht und brüllt.

Kurz nach zwölf dürfen wir schliesslich duschen gehen.

Inwieweit die Teambildung fortgeschritten ist, weiss ich nicht, aber TBB hat Romano Scarpetta im Eifer des Gefechts gebissen, und der Krankenwagen musste kommen, weil jemand dem Leiter Legal die Schulter ausgekugelt hatte.

Der Boden der Dusche überzieht sich mit dunkelbraunen Rinnsalen und langsam erscheinen unsere Gesichter wieder unter der Schlammschicht.

Pavel hat die Dusche neben mir. "Hilfst du mir bei etwas?"

"Klar."

"Fragst du Frou-Frou und Cinque Bam, ob sie mit dir und mir die Betten tauschen? Ich frage TBB wegen Florian."

"OK."

Frou-Frou wäre zwar liebend gern mit mir im gleichen Zimmer (ich kann mir schon vorstellen, weshalb), stimmt aber zu, und Cinque Bam, der immer gehetzte Leiter strate-gische Entwicklung Italien, macht auch keine Widerstände.

Wir zügeln unsere Sachen und sind jetzt im gleichen Zimmer wie Thomas Tanner und ein Senior Project Manager, der Pavel unterstellt ist. Bald findet sich auch Florian ein.

Tanner sitzt auf seiner schmalen Pritsche, den Rücken an die Wand gelehnt, und starrt auf sein Mobile, als ob es seine Seele verschluckt hätte. Er hat immer noch die patschnassen und verdreckten Outdoor-Kleider an.

"Geh duschen, Thomas. Ich nehme ab, wenn es läutet." Pavel muss Tanner das Mobile aus der Hand klauben. Florian, der auch noch nicht duschen war, nimmt Tanner mit.

"Was ist los?", frage ich Pavel.

"Tanners Frau stammt aus der Katastrophenregion. Sie ist im Moment dort auf Verwandtenbesuch. Seit dem Unglück ist der Kontakt zu ihr und den Kindern abgebrochen."

Jetzt verstehe ich die Betten-Rochade. Pavel hat die Leute um Tanner geschart, denen er vertrauen kann.

Nach einem kurzen Mittagessen aus Päckchen-Suppe und Brot geht es mit dem Car weiter. Nicht alle konnten sich umziehen, da sie keinen zweiten Satz Kleidung mitführen. Im Bus brodelt es.

Die Reise führt uns zu einem Schwimmbad.

"Das ist jetzt ein Witz, oder?", fragt jemand ziemlich aggressiv.

Es ist kein Witz. Das Motto des Nachmittags heisst "Vertrauensbildung". Wir müssen die Badekleider anziehen und uns beim Seniorenpool treffen, der für uns reserviert ist.

Ich habe mich nie für prüde gehalten, aber all jene Leute plötzlich in knallbunter Unterwäsche zu sehen (was sonst sind Badekleider?), denen ich normalerweise in korrekter Businesskleidung begegne, gibt mir doch zu denken. All die Speckrollen, Schwangerschaftsstreifen, Cellulite-Dellen und behaarten Bierbäuche sind kein schöner Anblick. So etwa stelle ich mir den deutschen Abschnitt vom Ballermann vor.

Der einzige Lichtblick des Nachmittags ist TBB. Mit Schadenfreude stelle ich fest, dass er einen deutlichen Ansatz zu Brüsten hat. Bei manchen rächt sich das Saufen.

Ninja Calamity, wie wir sie inzwischen nennen, ruft uns mit einer Trillerpfeife zur Ordnung und gibt uns den Tarif durch. Wir müssen uns fesseln und ins Wasser werfen lassen. Zwei Kollegen stehen am Rand, zwei im Wasser, um uns nach einigen Sekunden wieder hochzuziehen.

Die Spürst-du-mich-Veranstaltung beginnt. Ich schaffe es, in einer Gruppe ohne Frau und ohne Frou-Frou zu sein, wodurch ich vor sexueller Belästigung sicher sein dürfte.

Wie ich beobachte, gibt es deutliche Unterschiede, wie lange die einzelnen Teilnehmer gefesselt unter Wasser bleiben, bis sie gerettet werden. Bei TBB ist es über eine halbe Minute. Als Ninja Calamity Pavel deswegen anbrüllt, starrt der nur ins Wasser und sagt: "Er atmet noch."

Als ich ins Wasser geworfen werde, bin ich deshalb etwas beunruhigt. Erstaunlicherweise zieht man mich sofort wieder an die Luft.

"Erstens will niemand deinen Job, Nik. Zweitens machst du ihn viel zu gut, als dass wir dich irgendeinem Risiko aussetzen würden", klärt Sebastian Streuli, der Leiter Fonds, mich auf und klopft mir auf die Schulter.

Zum Nachtessen gibt es Vogelheu, eine Schweizer Spezialität aus altem Brot und einer Ei-Mischung, die in der Pfanne gebraten und mit Vanillesauce serviert wird. Nicht die optimale Wahl, da es einige Diabetiker im Direktionskader hat. Alkohol gibt es nicht und ein Ausgang findet auch nicht statt. Um acht Uhr, nach einer weiteren Stunde Krisensitzung wegen der Umweltkatastrophe, sind wir alle im Zimmer und sitzen auf den Betten.

Tanner, der sich wie ein Schlafwandler durch den Nachmittag gequält hat, starrt auf sein Mobile und wiegt sich vor und zurück. Kurz vor Mitternacht kippt er zur Seite.

Pavel und ich überprüfen, ob wir den Krankenwagen holen müssen, aber er schläft nur. Wir teilen uns ein, so dass jeder für einige Stunden Tanners Telefon bewacht.

Während Pavels Schicht läutet es plötzlich. Aus dem Schlaf gerissen höre ich, wie er Tanners Frau zu beruhigen versucht. "Bitte sprich deutsch oder englisch mit mir. Ich verstehe dich sonst nicht. ... Ihr seid alle in Ordnung? ... Und ihr habt einen Flug für morgen? ... Warte, ich versuche ihn zu wecken."

Pavel bekommt Tanner fast nicht wach. Offenbar hat er sich etwas eingeworfen, ohne dass wir es bemerkt haben. Als er mit seiner Frau spricht, laufen Tränen über seine Wangen.

Ich schleiche mich in die Küche und mache eine Kanne Kräutertee. Im Zimmer toasten wir uns alle mit den Tassen zu und freuen uns für Tanner.

Samstag, 12. März, 6.03 Uhr

Ninja Calamity hat uns mit einer Bratpfanne aus dem Bett gegongt. Wir sitzen im Aufenthaltsraum und quälen uns durch Porridge zum Frühstück. Nur TBB isst mit der Freude eines Ferkels. Wir anderen kosten in homöopathischen Dosen.

Als wir nur noch an unserem Kaffee nagen (der Kaffee ist tatsächlich nach alter Manier gekocht, so dass alle, die das Koffein aus der unteren Hälfte der Kanne beziehen, am Kaffeesatz kauen) oder unseren Tee mit Todesverachtung herunterstürzen (der Tee ist so stark und bitter, dass er beim ersten Schluck die Zunge gerbt und gefühllos macht), stellt sich Ninja Calamity neben einem Flip Chart auf.

"Ich gratuliere, meine Damen und Herren. Sie haben Ihren ersten Teambildungsevent mit uns überstanden. Sie haben gelernt, auch unter schwierigsten Umständen den Ball nicht aus den Augen zu verlieren ... Wer war das?!" Sie schaut sich herrisch um, als ein ersticktes Kichern erklingt. "Und Sie haben sich gemeinsam gegen mich verbündet, können nun also die Reihen schliessen, um einer möglichen Bedrohung zu begegnen. Am Nachmittag haben Sie gelernt, einander zu vertrauen und Ihre Ängste zu überwinden." TBB kommentiert diese Bemerkung mit einem äusserst finsteren Blick

Richtung Pavel. "Herzlichen Glückwunsch! Der Bus fährt in zehn Minuten."

Es gibt Dinge, die zu erleben man getrost auslassen kann. Die Reaktion mehrerer Direktionsmitglieder auf dieses Statement gehört dazu. Sie quietschen: "Ich muss aber noch aufs Klo!"

Sonntag, 13. März, 8.16 Uhr

Eine SMS weckt mich. Mein Klingelton ist im Moment das Grunzen eines Schweins.

Tanners Frau und Kinder zu Hause. Alle sind gesund, wenn auch etwas durcheinander. Bis morgen, Pavel

Woche 10

Montag, 14. März, 12.39 Uhr

Pavel hat den Morgen damit verbracht, die GL im Gebrauch der iPads zu schulen, die gegen Ende der vergangenen Woche eingetroffen sind. Ich ärgere mich immer noch, dass gewisse Herren sich weigerten, einige Tage länger auf das neue Modell zu warten. In einigen Wochen werden sie dann motzen, dass sie doch nur das alte haben. Aber eben: Kinder und ihr Spielzeug ...!

"Gehen wir joggen?" Pavel lehnt im Türrahmen. Er sieht verärgert aus.

"Klar."

Wir rennen unsere übliche Route. Mit den frühlingshaften Temperaturen füllen sich die Wege. Bald werden alle Brunnen der Stadt wieder angestellt und für ein halbes Jahr zieht Dolce Vita in Zürich ein. Im Moment bilden die noch immer schneebedeckten Berge am Horizont einen traumhaften Hintergrund für den See und seine von den ersten Blumen geschmückten Ufer.

"Und, wie sieht es an der Frauenfront aus?", fragt Pavel auf der Höhe des Hafens Wollishofen. "Du weisst schon: das Nik-unter-Huskys-Bild."

"Es geht. Ich bekomme die Damen manchmal fast nicht mehr aus meinem Büro und Mostkopf ist klebriger als ein ausgespuckter Kaugummi, aber ich werde es überleben."

"Und unsere WC-Künstler?"

"Sind in den Untergrund abgetaucht."

Wir leisten uns einen Chai Latte, bevor wir wieder ins Büro zurückkehren.

"Freu dich auf die morgige GL-Sitzung", meint Pavel beim Abschied bedeutungsschwer.

Dienstag, 15. März, 9.23 Uhr

Nur dreiundzwanzig Minuten nach Beginn der Sitzung erkenne ich, wie recht Pavel hatte. Die GL-Mitglieder machen jeden Fehler, den sie bei der Bedienung des iPads machen können. Zuerst stürzt Duca das Tablet ab, dann löscht Leuli alle seine Files, und Romano vergisst, den Ton abzuschalten, als er vor lauter Langeweile eine Sudoku-App aufstartet.

In rascher Folge weist die GL zwei Anträge zurück – einen wegen zu vieler Tippfehler, den anderen, weil das Dokument nicht sauber über Bullet Points formatiert ist –, danach beginnen sie eine Diskussion rund um ein Immobilieninvestment.

Um es nicht unnötig spannend zu machen: Die Frage lautet, ob die BuBi AG in ein Bordell investieren darf oder nicht. Dabei geht es nicht etwa um die Finanzierung mit Firmengeldern (womöglich noch für den Eigenbedarf), sondern um den Kauf mit dem Vermögen eines Immobilienfonds und das Einbuchen in dessen Portfolio.

Die Meinungen gehen hoch. Als für einen Moment Stille einkehrt, gebe ich wieder einmal meinen sadomasochistischen Anwandlungen nach und frage: "Und was ist genau Gegenstand der Diskussion?"

Duca sendet mir einen Wie-kann-man-nur-so-doof-sein-Blick. "Ob unser Immobilienfonds in ein Bordell investieren darf. Sie wissen, was ein Bordell ist?"

"Ja. *Sie* wissen, was ein nachhaltiger Immobilienfonds ist?"

Leuli runzelt die Stirn. Er zieht das iPad von Tanner zu sich, da er seins unbrauchbar gemacht hat. "Es geht um unseren nachhaltigen Immobilienfonds?"

"Ja, derjenige, der sich verpflichtet hat, hohe Sozial-, Moral- und Umweltstandards zu erfüllen. Eine Waffenfabrik würde auch noch gut ins Portfolio passen." Meine Worte triefen vor Sarkasmus.

Vier bitterböse Blicke treffen mich.

Nur Zeeman lacht. "Mann, Wydmer, Sie sind vielleicht ein Arschloch! Wir haben verstanden. Ich empfehle den Antrag zur Ablehnung. Der heutige Mangel an geeigneten und rentablen Investitionsobjekten darf nicht zu einer Senkung unserer Investitionsstandards führen."

Die anderen folgen seiner Empfehlung. Duca sieht dabei aus, als hätte er gerade die grösste Kröte der Welt verschluckt.

Nach der Sitzung fängt er mich im Gang ab. "Worauf zielen Sie eigentlich ab, Wydmer?"

"Darauf, meinen Job gut zu machen."

"Dann würde ich mir an Ihrer Stelle sehr genau überlegen, was mein Job ist – und was nicht." Er dreht sich auf der Ferse um und stakst davon.

Kaum bin ich zurück im Office, steht Pavel in meinem Büro. "Hast du sie nicht einmal für zwei Stunden davon abhalten können, die technische Infrastruktur zu ruinieren?"

Vielleicht meint er es scherzhaft, vielleicht auch ernst, aber ich bin nicht mehr in die Lage, die Unterscheidung zu machen. "Hör mal, Pavel. Ich mag zwar einen Scheissjob haben, aber ich bin nicht der Blitzableiter für alle."

Da wir normalerweise nie streiten, reagiert er sogleich auf meinen aggressiven Tonfall. "Was ist los mit dir?"

Das habe ich mich auch schon gefragt. Mein Geduldsfaden ist im Moment so kurz wie die Zündschnur an einer Dynamitstange, und es braucht eine Bemerkung zur falschen Zeit und ich koche über.

Ich gehe zu meinem Schreibtisch und lasse mich in den Sessel plumpsen. "Ich glaube, ich brauche Ferien."

"Nach zehn Wochen im Job."

"Ja, pathetisch, nicht wahr?"

Pavel lehnt an meinen Schreibtisch. "Ich weiss nicht. Manchmal scheint mir, dein Job kommt direkt aus der Hölle. Und du warst vorher lange nicht mehr weg."

Ich rechne nach. Ich hatte seit fast einem Jahr keine Ferien mehr.

"Ich würde an deiner Stelle deinen Chef darauf ansprechen, und das so rasch wie möglich."

Mittwoch, 16. März, 12.28 Uhr

Ich kann es kaum glauben, aber Leuli hat einer kurzfristigen Abwesenheit zugestimmt. Ich darf bereits morgen verschwinden, muss aber für den nächsten Teambildungsevent am 25. März zurück sein.

Das Ziel für meine Ferien zu finden und zu "buchen" war einfach. Pavel meine Destination nicht zu verraten entwickelt sich jedoch zu einem Spiessrutenlaufen. Beim Mittagessen – einem grossen Salat mit frittierten Tofuwürfeln – platzt mir der Kragen. "Jetzt lass mich endlich in Ruhe, Pavel. Ich bin dir keinerlei Rechenschaft schuldig. Es geht dich nichts an, wohin ich in die Ferien fahre, und nein, ich werde dir nicht jeden Tag eine SMS senden."

"Und was, wenn dir ein Betrunkener am Ballermann eine Flasche über den Kopf zieht?"

Er sagt das nur, um mich aus der Reserve zu locken. "Ich fliege nicht zum Ballermann."

"Wohin dann?"

"Pavel!" Ich klinge ziemlich genervt.

Er schmollt und sagt den ganzen Tag nichts mehr zu mir.

Woche 11

Donnerstag, 24. März

Ich kam ohne Erwartungen, nur mit dem Willen, einer neuen Seite von mir Raum zu geben. Und ich bin nicht enttäuscht worden. Die sieben Tage fühlen sich an wie sieben Jahre. Ich kann endlich wieder schlafen und mein Herz nimmt keine ungeplanten Sprünge mehr.

Der Abt hat nur auf eins bestanden: Dass ich am letzten Tag mein Schweigen breche und wir uns unterhalten.

Ich habe die vergangenen Tage damit verbracht, den Garten zu pflegen – eine neue Erfahrung für jemanden, der seit seiner Geburt in der Stadt lebt. Das Wetter spielte traumhaft mit. Überall explodierten die Blüten der Narzissen wie gelbe Sterne. An den Schattenplätzen wippten noch die letzten Krokusse in der lauen Brise.

Dies ist die Zeit, um das Unkraut und die Überbleibsel des Winters aus den Beeten zu räumen, frischen Kompost auszubringen und Setzlinge von kälteunempfindlichen Pflanzen wie Kefen oder Kohl zu pflanzen.

Mein Aufenthalt liegt zudem mitten in der christlichen Fastenzeit, die mit dem Aschermittwoch beginnt und mit dem Donnerstag der Karwoche endet. In dieser speziellen Zeit am Leben des Klosters teilzunehmen ist eine besondere Bereicherung.

Ich sage das dem Abt während unseres Abschlussgesprächs. Wir sitzen im Klostergarten in der Sonne und geniessen die Wärme. Ich trage immer noch die Kutte, die ich nun bald ausziehen muss.

Der Abt schaut mich lange an. "Sie haben eine natürliche Affinität zur Spiritualität, Nik. Dies zeigt sich, wenn Sie Ihre Yoga-Übungen machen, meditieren oder an unserem Tagesablauf hier im Kloster teilnehmen. Sie würden sich perfekt hier einfügen."

Dieser Gedanke ist mir auch schon gekommen – um ehrlich zu sein mit leichter Verwunderung, da ich dies nie erwartet hätte. Ich bin weder religiös, noch hat mich das Yoga auf den Esoterik-Weg umgeleitet. Doch fällt es mir leicht, die Existenz einer höheren Macht als gegeben zu erachten.

Der Abt nimmt seinen Blick nicht von mir. "Ja, Sie würden sich perfekt hier einfügen, deshalb möchte ich Ihnen dies heute sagen, und mag es auch hart klingen: Sie sind uns jederzeit herzlich willkommen als unser Gast auf Zeit, für einen Tag, einen Monat oder auch ein Jahr. Aber wir werden Sie nie hier aufnehmen. Sie gehören nicht hierher."

Ich schaue über die Beete, die ich in der vergangenen Woche gepflegt habe. "Wohin gehöre ich dann?"

"Ich weiss es nicht. Ich weiss nur, dass Ihr Platz und Ihre Aufgabe irgendwo da draussen liegen. Nicht hier."

Wir schweigen. Ich frage mich, wie der Garten im Sommer aussehen wird, wenn sich riesige Kürbispflanzen den Wegen

entlangranken und die Stangenbohnen ihre Gerüste über-
wuchern.

"Das Schwierige an meinem Rat ist, dass Sie für relativ lange
glücklich in unserer Gemeinschaft leben könnten. Wahr-
scheinlich einiges glücklicher als in der normalen Welt.
Irgendwann jedoch wird der Spiegel zerbrechen. Dann sind
Sie alt, Ihre Chance vorüber, und diese Mauern würden zu
Ihrem Gefängnis."

Ich bin nicht allzu leicht zu beeindrucken, aber dieses Mal
schaudere ich.

Als der Abt mich zum Bahnhof fährt, trifft gerade eine neue
Gruppe Manager ein, die die nächsten Tage im Kloster leben
werden, allerdings als Gäste, nicht so wie ich im inneren
Zirkel.

Der Abt winkt den erschreckt dreinschauenden Managern zu
und lacht. "Wir sollten Ihnen eigentlich Tantiemen zahlen,
Nik. Sie haben uns gezeigt, wie wir unser Kloster in die
Zukunft retten können."

Freitag, 25. März, 8.00 Uhr

Die Abfahrt findet diesmal zu einer christlicheren Zeit statt –
um acht Uhr morgens vom altbekannten Busparkplatz
hinter dem Landesmuseum, jenem schrecklichsten Ort von
Zürich, der in einem Vakuum zu liegen scheint.

Davor fährt das Tram vorbei, und die Restaurants auf der
anderen Strassenseite haben das ganze Jahr hindurch Tische
draussen, um den ins Freie verbannten Rauchern eine
Zuflucht zu bieten. Richtung Innenstadt hat man direkten

Blick auf die Geleise des geschäftigen Hauptbahnhofs, und hinter dem Busparkplatz steht ein grosses Parkhaus.

Der Busparkplatz selbst liegt jedoch im Niemandsland, dessen einzige Lebewesen aus zwei Frauen – die eine in einer Gondel, die andere in einem alten Anhänger – bestehen, die jahrein-jahraus Tickets für Stadtausflüge und irgendwelche Bergbahnen verkaufen. Im Winter bei minus zehn Grad muss dieser Job noch schlimmer sein als meiner.

Noch bevor wir auf der Autobahn sind, hält Pavel es nicht mehr aus. Er hat mich gestern Abend angerufen, angeblich um mich zu briefen, in Wahrheit aber, um mich über meine Ferien auszufragen. Heute ist er kein bisschen schlauer und besorgt, weil ich nochmals ein paar Kilo abgenommen habe.

"Du hast auf keine meiner SMS geantwortet!", grollt er.

"Mein Mobile war während der ganzen Woche abgeschaltet."

"Wenigstens weiss ich jetzt, was du gemacht hast: Offenbar bist du nach Paris getrampt und hast dabei unter Brücken geschlafen und dein Essen zusammengebettelt."

"Stimmt."

Ich widme mich dem Spiel auf meinem Smartphone.

"Das meinst du jetzt aber nicht ernst!", meint Pavel nach einiger Zeit entsetzt.

"Doch. Wie du weisst, ist Selbstfindung heute ein wichtiges Ziel. Weshalb sonst dieser ganze Spürst-du-mich-Zirkus?" Meine Handbewegung umfasst das Innere des Busses.

"Sag mal, hast du sie noch alle?"

Da offenbar einer von Pavels seltenen Ausbrüchen bevorsteht, rücke ich mit der Wahrheit raus. "Reg dich ab. Ich war im Kloster."

Zu spät merke ich, dass diese Aussage nicht dazu gemacht ist, Pavel zu beruhigen. Sein Gesicht läuft erst rot an, dann breitet sich Angst darauf aus. Ich mache das Sei-still-Zeichen, indem ich den Zeigefinger über meine Lippen lege. Pavel gehorcht, aber der besorgte Ausdruck verschwindet nicht aus seinen Augen.

Unsere Reise führt uns diesmal in den Jura, in das malerische Städtchen St. Ursanne, das vom Fluss Doubs geteilt wird. Und wieder einmal liegt unsere Unterkunft in einer Art Naturfreunde-Haus mit Massenschlag sowie einigen Zimmern.

Unsere erste Aufgabe, wie schon beim letzten Anlass einfühlsam kommuniziert von Ninja Calamity, besteht darin, eine Auslosung für die Zimmer zu organisieren. Da die Hälfte der Leute während ihres Prep-Talks aufs Klo verschwunden ist, benötigen wir zwei Stunden, bis jeder einen Platz zum Schlafen hat. Da diesmal die Betten nicht reichen, gibt es zusätzlich die Holzklasse: ein Schlafsack auf dem Boden.

Wir haben für die Auslosung zu viel Zeit gebraucht. So geht es ohne Mittagessen direkt weiter zu unserer Teambildungsaufgabe.

"Sie werden aus dem Material, das hier herumliegt, Flosse bauen, um dann Passagiere zu befördern. Normalerweise würden Ihre Passagiere aus aufblasbaren Osterhasen bestehen. Da alle letztjährigen Hasen jedoch einem böswilligen Anschlag zum Opfer gefallen sind und die diesjährigen bereits ausverkauft waren, mussten wir Ersatz besorgen. Sie finden ihn dort in der Kiste. An die Arbeit!"

Wunderbarerweise bin ich mit dem Leiter HR, Lucius Duca, dem Mostkopf und (was ganz OK ist) Cinque Bam in einer Gruppe. Wenn ich diese Terrorkonstellation überleben will, gibt es nur eins: mich tot stellen.

Il Duce übernimmt das Kommando. Er und Nero Köhler, wie der Leiter HR mit bürgerlichem Namen heisst, machen sich gleich an den Bau des Flosses, bewundert vom Mostkopf. Cinque Bam und ich müssen ihnen die Balken zutragen.

Nach einer halben Stunde sieht das werdende Floss aus wie eine moderne Skulptur. Nero Köhler hat sich inzwischen seiner Jacke und seines Pullovers entledigt. Er trägt nur noch ein Träger-T-Shirt. Mostkopf beobachtet ihn wie ein Zuckerjunkie eine Crèmeschnitte.

Köhler ist 28 Jahre alt, HSG-Absolvent und war früher Leistungssportler. Heute betreibt er Bodybuilding, was ihn wie ein Model aussehen lässt. Wobei ich nie verstanden habe, was ein Wirtschaftsuni-Alumnus im Fitnessstudio verloren hat. Diese Spezies gehört eher auf den Golfplatz.

Ich selbst wickle mir meinen Schal enger um den Hals und ziehe den Reissverschluss meiner Softshell-Jacke hoch. Der Jura ist wunderschön, aber fast neun Monate im Jahr feucht und kalt.

Duca kommandiert mich zum Würste-Grillieren ab. Nachdem es in anderen Gruppen fast zu einem Aufstand gekommen ist, hat Ninja Calamity irgendwo Cervelats und Bürli aufgetrieben. Cinque Bam, der alles andere als sportlich ist, schleppt weiter Balken.

Um kurz nach halb vier sind die sogenannten Flosse fertig und die Gruppen machen sich an das Aufblasen ihrer Passagiere. Kichern und Gelächter branden auf. Der Grund dafür ist bald klar: Die Aufblasobjekte sind Sexpuppen mit all den Öffnungen und Beulen, die sie für ihre Aufgabe benötigen.

Aus den Augenwinkeln sehe ich, wie TBB mit einer der Puppen im Wald verschwindet. Es scheint ihn nicht zu stören, dass er eine männliche erwischt hat. Als English-Public-School-Absolvent isst man bekanntlich mit beiden Enden des Löffels.

Mostkopf meldet sich freiwillig, die "Passagiere" zum anderen Ufer zu transportieren. Ihr albernes Kichern nervt.

Die Boote legen alle gemeinsam ab. Bereits nach wenigen Metern stossen die ersten zusammen. Die Seile lösen sich und vier Fährleute trinken Wasser. Fünf weitere Flosse, inklusive das unsere, kentern in der Mitte des Flusses. Zum Glück tragen alle Schwimmwesten. Nur das Floss mit Pavel erreicht die geplante Landestelle.

Der Rest des Teambildungsevents verläuft etwa im gleichen Stil. Das Nachtessen besteht aus einem Spanferkel, das wir über dem offenen Feuer grillieren müssen und das erst lange nach Mitternacht gar ist. Im Haus hat es Wanzen, die uns allen während der Nacht über die Gesichter kriechen. Seither weiss ich, dass auch Männer kreischen können.

Samstag, 26. März

Auf der Rückfahrt finde ich in der jurassischen Tageszeitung einen Artikel:

Polizeiliche Ermittlungen nach geschmacklosem Scherz

Grosse Aufregung verursachten gestern Nacht mehrere im Doubs treibende Objekte, die zuerst aufgrund der fortgeschrittenen Dunkelheit für Leichen gehalten wurden. Nach ihrer Bergung durch ein Polizei- und Feuerwehraufgebot stellte sich heraus, dass es sich bei den "Körpern" um acht aufblasbare Sexpuppen handelte. Die Polizei fahndet nach den Verantwortlichen des geschmacklosen Scherzes.

Ich zeige Pavel den Artikel.

Seine Augen werden gross. "Neun Flosse gekentert, acht Puppen geborgen. Wo steckt die letzte?"

"Überprüf mal TBBs Gepäck."

Unsere Lachanfälle halten bis Zürich an. Wir gehen allen ziemlich auf die Nerven.

Woche 12

Montag, 28. März, 7.17 Uhr

Mein Arbeitstag beginnt damit, dass ich eine Erklärung/Entschuldigung für die jurassische Polizei schreibe. Französisch ist die beste Sprache dafür. Sie erlaubt einem, so komplizierte Sätze zu bauen, dass man sie selbst nicht mehr versteht.

Als Leuli zur Arbeit kommt – für seine Verhältnisse hat er ausgeschlafen –, liegt das Schreiben bereits auf seinem Tisch, zusammen mit einem Ausdruck des Artikels. Bald darauf steht er bei mir im Büro.

"Sind Sie sicher, dass das notwendig ist, Wydmer? Immerhin hat uns die Polizei noch nicht kontaktiert."

"Sie wird es noch tun. Die Mühlen des Gesetzes mahlen langsam, aber gründlich."

Leuli will nicht hören. Kurz vor Mittag ruft er mich dann zu sich. Der Leiter Legal befindet sich bereits bei ihm.

"Nun, dummerweise hat uns die Polizei gefunden. Diese Spiesser wollen, dass wir für die Bergung dieser Puppen aufkommen, die ein Vermögen gekostet haben soll. Sie, Reinherr, untersuchen unseren Vertrag mit Peacemaker Enhanced Trainings Ltd. Sie sollen für den Schaden aufkommen. Sie,

Wydmer, motzen dieses Entschuldigungsschreiben noch etwas auf und schicken es dann der Polizei. Sie zwei können es ja gemeinsam unterschreiben. An die Arbeit!"

Im Gang schaut Rudi mich an. "Gehen wir einen Kaffee trinken?"

Ich nicke. Wir verziehen uns an einen externen Ort. Er bestellt sich einen doppelten Espresso, ich einen Dragon Pearls Grüntee.

"Unterschreibst du den Brief?", fragt er mich.

Ich schüttle den Kopf. "Ich gebe ihn Leuli und Scarpetta oder Zeeman."

"Recht so. Ich selbst hätte gute Lust, die BuBi AG für diese Teambildungsevents zu verklagen. Von den neun Leuten, die am Freitag gekentert sind, sind zwei fast ertrunken, weil sie ihre Schwimmwesten nicht korrekt angelegt hatten, und drei haben sich heute krank gemeldet."

"Ich weiss."

Wir networken ein wenig. Als ich noch Online-Chef war, hatten wir regelmässig Kontakt, weil Rudi meine Konzepte abnehmen musste, also wo welche Disclaimer hinkommen und wie wir MiFID (die Richtlinie über Märkte für Finanzinstrumente und der Alptraum jedes Online-Chefs) umsetzen. Im meinem heutigen Job arbeite ich meist mit einem seiner Mitarbeiter, weil der das Gegenlesen der Pressetexte betreut.

"Schade arbeiten wir nicht mehr so oft zusammen", sagt Rudi plötzlich.

"Ja." Ich mag ihn auch. Er hat etwas von einem Gockel, eine

144

unglückliche Veranlagung zu einem knallroten Gesicht und eine noch unglücklichere Vorliebe für junge Au-pairs, aber er ist engagiert, aufrichtig und in seinem Bereich brillant.

Für seinen Namen sollte er seine Eltern allerdings verklagen. In der zu Sauglattismen neigenden BuBi AG wird man als Rudolf Reinherr zu Rudi (dem rotnasigen oder eben rotgesichtigen) Rentier.

Kurz nach Mittag steht Leuli in meinem Büro.

"Hören Sie mal, Wydmer. Der neue Online-Chef hat gekündigt. Ich habe deshalb beschlossen, das Team ad interim wieder bei Ihnen anzuhängen, bis ein neuer Online-Chef verpflichtet werden kann."

"Nachdem nichts von meinem alten Team mehr übrig ist, eine Stelle temporär und die beiden anderen nicht besetzt sind? Soll das ein Witz sein?"

Leuli plustert sich auf. "Nein, natürlich nicht. Sie haben das so gut gemacht und der Mostkopf ... ähm ... Frau Müller hat vom Web keine Ahnung."

"Ich habe mehrere Jahre an meinem Team gebaut, bis ich die ideale Besetzung für jede Position hatte. Das mache ich nicht noch einmal. Ich bin nicht Sisyphus!"

"Dann holen Sie Ihre alten Leute zurück."

"Und wie soll das gehen? Sie haben sich alle neu verpflichtet."

"Wydmer. Sie übernehmen das Team ad interim, und das ist ein Befehl!" Leulis Hals schwillt an. "Und jetzt Ende der Diskussion."

Als er gegangen ist, schliesse ich ganz leise die Tür zu meinem Büro, nehme den schwersten Ordner, der in meinem Regal steht (der mit den Personalreglementen und -weisungen), und schleudere ihn mit einem Urschrei gegen die Wand. Das erste Mal reicht nicht, so tue ich es wieder und wieder, bis sich plötzlich die Tür einen Spaltbreit öffnet.

"Sag, wenn du wieder bei Sinnen bist, dann komme ich rein."

Offenbar haben die Mädels vom Sekretariat Pavel gerufen. Er schiebt sich ins Büro und betrachtet die Wand und den davorliegenden Ordner, der inzwischen aussieht, als hätte ihn eine Tretmine zerfleddert. Ich hatte in meinem Leben bisher zwei ähnliche Wutanfälle und bei beiden war Pavel dabei. Entsprechend wachsam betrachtet er mich.

"Was ist los?"

Ich sage es ihm.

Er lehnt sich an die Heizung vor dem Fenster, während ich durch das Büro tigere. "Die tragen bei dir wirklich dick auf mit dem Wahnsinn."

"Sag mir etwas Neues."

"Was willst du tun? Kündigen, ihnen ein Schnippchen schlagen oder weiter wie ein Rockstar das Mobiliar zertrümmern?"

Jetzt muss ich doch lachen, auch wenn mir nicht danach ist. "Dem Wahnsinn kann man kein Schnippchen schlagen." Oder vielleicht doch? Ich beginne zu überlegen. "Ich bin gleich zurück."

Bei meiner Rückkehr finde ich Pavel vor meinem PC. Er scheint zu chatten. "Ich habe deine ehemaligen Mitarbeitenden kontaktiert. Wenn du eine Lohnerhöhung hinbekommst, kommen alle drei zurück. Da sie noch in der Probezeit sind, können sie innert Wochenfrist wieder hier beginnen."

"Und ich habe die Zusage von Leuli, dass das Online-Team von nun an bei mir bleibt. Und er wird die Reorganisation kommunizieren."

"Bezahlt er auch den Maurer?", fragt Pavel nach einem Blick zur ramponierten Wand.

Dienstag, 29. März, 8.09 Uhr

In diesem Augenblick schickt Leuli die Kommunikation raus. Ich musste sie zwar völlig neu schreiben, und er hat sie danach noch einmal seinem eher seltsamen Kommunikationsstil angepasst, aber jetzt ist alles in Ordnung.

Von: Stefan Leuli (08.09 Uhr)
An: Alle Mitarbeitenden Standort Schweiz
Cc: Thomas Tanner, Lucius Duca, Nils Zeeman, Romano Scarpetta

Re: Personelles Kommunikation

Geschätzte Kolleginnen und Kollegen

Mit Freunde teile ich Ihnen mit, dass Nicolas Wydmer sich bereit erklärt hat, als Leiter Kommunikation zusätzlich die Verantwortung für den Online-Bereich der BuBi AG zu übernehmen. Das aus drei Mitarbeitenden bestehende Webteam wird deshalb per sofort organisatorisch dem Bereich Kommunikation angegliedert.

Ich freue mich sehr, damit eine gute Lösung für die Betreuung unseres Online-Bereichs gefunden zu haben.

Wie Sie alle wissen, zeichnete Nicolas Wydmer bis zu seiner Berufung zum Kommunikationschef vor drei Monaten bereits für den Online-Bereich verantwortlich. In seiner sechsjährigen Tätigkeit in dieser Position war er für viele herausfordernde, geschäftsrelevante Projekte verantwortlich, die er sehr zielorientiert und erfolgreich zum Abschluss brachte – darunter die Ablösung der gesamten, in die Jahre gekommenen Web-Infrastruktur der BuBi AG und das Erarbeiten eines neuen, leistungsfähigen Intranets.

Durch die Zusammenführung der Funktionen Kommunikation und Online wird die durchgängige crossmediale Umsetzung unserer Inhalte gefördert, so dass die BuBi AG sich optimal im Social-Media-Zeitalter einbringen kann.

Ich danke Nicolas Wydmer für seinen grossen bisherigen Einsatz und wünsche ihm in seiner erweiterten Funktion viel Erfolg.

Mit freundlichen Grüssen
Stefan Leuli, CEO

Fünf Minuten nach Versand dieser Kommunikation bricht die Hölle los.

Woche 13

Donnerstag, 7. April, Mittagszeit

Ich sitze mit meinem neuen/alten Team und meiner Assistentin in der Firmenkantine. Vor den Fenstern scheint die Sonne, und wir unterhalten uns lebhaft. In den vergangenen acht Tagen ist so viel Positives passiert, dass ich mich in einer neuen Welt zu befinden scheine und ein leichtes Gefühl von Schleudertrauma nicht abschütteln kann. Aber der Reihe nach:

Über den ganzen Dienstag hinweg kommen Leute in mein Büro, um mir zu gratulieren. Der erste davon ist Tanner. "Herzlichen Glückwunsch, Nik. Das haben Sie wirklich verdient. Und wenn Ihnen der Mostkopf zu viel Mühe macht, sagen Sie es mir."

"Es stört Sie nicht, dass Sie ein Team verlieren?"

Er lacht. "Sie wissen ja, mein Bereich kostet nur. Mit Online geht ein grosser Brocken weg."

In diesem Stil geht es weiter bis zum Abend, wobei natürlich Leute wie Duca und TBB nicht auftauchen.

Bereits am Mittwoch machen sich dann die Logistiker der BuBi AG daran, das grösste Büro auf meiner Etage zu leeren und neu einzurichten. Meine Leute bekommen Möbel vom aktuellen Sortiment, nicht mehr die ausrangierte Ware, die in jeder Firma immer bei IT und den verwandten Bereichen zu landen scheint.

Ebenfalls eingerichtet wird ein halbes Dutzend Computer, die Hälfte davon Workstations, die andere Hälfte Server. Das Office sieht aus wie die Mission Control des Space Shuttles.

Der grösste Benefit, den ich schon bald nach meinem Wutanfall bemerke, ist, dass kein Mensch – weder Frau noch Mann – mir mehr schöne Augen macht. Stattdessen beobachten mich alle, so als ob ich jeden Augenblick wieder explodieren könnte.

Am Montag dann kommt mein Team zurück.

Es ist schon seltsam. Als ich diesen Blog begann, habe ich ihre Namen bewusst nicht erwähnt, denn sie waren alle am Gehen und ich dachte nicht, dass sie in meiner Geschichte nochmals eine Rolle spielen würden. Nun sind sie wieder da, und ich kann es immer noch kaum glauben.

Wie stets ist Tinta – eigentlich Anita – die erste im Office. Sie ist einige Jahre jünger als ich, ein verrücktes Huhn und die fähigste Projektleiterin, die ich kenne. Unterlässt irgendjemand bei ihr im Projekt eine Delivery – und sei diese Person ein GL-Mitglied – dann sorgt Tinta dafür, dass es sich dabei um einen einmaligen Patzer handelt. Es ist immer höchst amüsant zu beobachten, wie alle kuschen. Dabei reicht sie mir gerade mal bis zum Kinn, ist also recht zierlich, und trägt ihre Haare immer in Knallfarben – im Moment violett.

150

"Hey, Boss!", begrüsst sie mich, umarmt mich und küsst mich auf die Wange.

Gegen neun kommt dann Grigory. Tinta hat derweil bereits alle Computer im neuen Büro auf ihre Funktionsfähigkeit überprüft und zweimal mit Pavel telefoniert.

Grigory ist einer dieser Urban Nerds, wie er im Buche steht. Er ist schlank, trägt immer schicke Casual-Kleidung inklusive trendiger Laptop-Tasche und eine Hornbrille auf der Nase. Seine Haare sind mit Gel auf die neuste Nerd-Frisur getrimmt. Dass diese Haare inzwischen dünner und grau werden, beschäftigt ihn sehr.

"Hey, Mann!", sagt er und offeriert mir die Hand zum Einschlagen.

Gegen 10.30 Uhr, Tinta und Grigory haben bereits einen Teil der Kollateral-Schäden, die in ihrer Abwesenheit verursacht wurden, bereinigt, schlurft dann noch Xavier ins Office.

Auch heute noch erstaunt mich regelmässig, dass in diesem Neandertaler der beste Programmierer der Welt steckt. Wenn ich ihm ein Problem erkläre, erwische ich mich immer bei dem Gedanken: Der hört mir gar nicht zu. Habe ich fertig gesprochen, starrt er an mir vorbei ins Leere. Oft hole ich mir dann einen Tee. Komme ich zurück, hat er die Lösung bereits halb umgesetzt.

"Yo!" Er nickt mir zu und schlurft dann wie eine heimkehrende Brieftaube direkt zu seinem Bildschirm.

Ich konnte für alle drei bessere Konditionen herausholen. Tinta und Grigory sind neu Kader, etwas, was ich für Xavier leider nicht machen konnte, da ihn die normale Welt nicht besonders interessiert und er jeden Scheiss unterschreiben würde. Zum Glück ist ihm der Rang egal. Dafür kann ich ihm etwas bieten, was er wirklich schätzt: eine Computerstation genau nach seinen Wünschen. Von einem Teil der Programme weiss ich nicht einmal, wofür sie sind.

Alle Mitglieder meines Teams verdienen auch deutlich mehr als früher, obwohl ich mich als Online-Chef stets bemüht hatte, das Maximum für sie herauszuholen.

Am Mittag steht dann Tinta bei mir im Office und fragt mich, was ich essen will.

"Ich hole mir nachher einen Salat", versuche ich sie abzuwimmeln.

"Salat steht nicht zur Auswahl. Wie wär's mit Beef Kung Pao mit Nudeln?"

"Jetzt weiss ich wieder, was mir gar nicht gefehlt hat", grolle ich sie an. Sie war schon immer mein Essens-Timer.

Tinta lacht nur. "Du hast noch drei Sekunden, sonst bringe ich dir einen Burger."

Diese grausige Vorstellung führt dazu, dass ich dem Beef zustimme.

Plötzlich gibt es während meiner "Pavel-freien" Tage wieder geregelte Essenszeiten und Pausen.

Tinta bezieht auch meine Assistentin ins Team mit ein. Als ich mit Daniela allein war, war es problematisch, gemeinsam essen zu gehen. Weibliche Kuhaugen, männlicher Vorgesetzter und ein Lunch à deux sind eine heikle Kombination. Jetzt aber gehört sie dazu und scheint es sehr zu geniessen.

Manchmal nehmen wir auch Camille, Mostkopfs Assistentin, mit. Sie hält sich tapfer unter uns Verrückten.

Als einen Moment lang Stille an unserem Mittagstisch eintritt, schaue ich meine Leute an und sage: "Ihr habt mir gefehlt."

Freitag, 8. April

Judihui! Ich befinde mich auf dem Weg zu einem weiteren Teambildungsevent. So häufig, wie diese inzwischen stattfinden, ist es eigentlich ein Wunder, dass noch jemand das daily Business meistert. Oder aber es ist ein Beweis, dass es das ganze Direktionskader eigentlich gar nicht braucht.

Wir fahren wieder um acht Uhr morgens ab.

Ich sitze mit Pavel für einmal weit vorne. Aus irgendeinem Grund hat sich der Rest des Direktionskaders im hinteren Teil des Busses verschanzt. Wir spielen auf unseren iPads – Pavel hat sich die neue Version in Weiss gekauft – ein Strategiespiel, das in eine Fantasy-Welt eingebettet ist.

"Emmental", wettet Pavel auf unsere Destination.

"Berner Oberland", sage ich.

Pavel behält recht.

Als wir vorfahren, beginnt ein bedrohliches Murren im Bus. Zu Recht: Dieses Mal dürfen wir in Jurten übernachten. Das sind die runden Zelte der Nomaden Zentralasiens, die eigentlich durchaus komfortabel sind. Allerdings gibt es insgesamt nur fünf Jurten und die sind für sechs Personen ausgelegt.

Wir dürfen uns zu zehnt in eine Jurte quetschen. Im Militär geht solche Massentierhaltung gut. Dort fällt man sich nicht den ganzen Tag gegenseitig auf die Nerven, sondern verbündet sich gegen die bösen Vorgesetzten.

Bei einem Teambildungsanlass wird jedoch erwartet, dass man sich den ganzen Tag bis spät in die Nacht gegenseitig auf der Seele herumtrampelt. Das Einzelzimmer im Hotel ist dann oft der letzte Zufluchtsort, bevor der Wahnsinn endgültig Überhand nimmt.

Um dem Ganzen noch den Deckel aufzusetzen, haben die Frauen diesmal keinen eigenen Bereich, sondern werden en bloc in eine der Jurten gestopft. Pavel und ich achten darauf, nicht in dieser Jurte zu sein. Das klappt ganz gut, da TBB und einige andere Gigolos darauf abzielen, in der Jurte mit den Frauen zu sein.

Der Bezug der Jurten gleicht dem Spiel "Reise nach Rom", das wir alle im Kindergarten gespielt haben: Anzahl der Teilnehmer minus ein Stuhl. Wer nicht absitzen kann ist draussen.

Nur spielen Erwachsene im Direktionskader das Ganze etwas anders. Blick ins Zelt: Igitt, nein, nicht mit denen. Weiter zum nächsten Zelt.

Als sich unsere Gruppe nach einer Stunde stabilisiert hat, ist die Zusammenstellung interessant. Der Kern besteht aus Thomas Tanner, Florian Oberli, dem Senior Project Manager der IT, dessen Namen ich immer vergesse, Pavel und mir, also aus der genau gleichen Konstellation wie beim vorletzten Teambildungsevent, als nicht sicher war, ob Tanners Familie die Naturkatastrophe überlebt hat. Zu uns gesellt haben sich Rudolf Reinherr, Cinque Bam, Romano Scarpetta und Sebastian Streuli. Einer von Rudis Senior Legal Counsels macht die Zehnerschaft komplett.

Wir wechseln in die Trainingskleider, die wir mitbringen mussten, und schlurfen in die Aufenthaltshalle des Retreats. Dort trifft mich fast der Schlag. Uns steht ein Restmorgen mit Yoga bevor, gefolgt von "Trommel dich frei" am Nachmittag.

Ninja Calamity führt den Event im üblichen Stil und erwähnt mit keinem Wort, dass es das letzte Mal fast Tote gegeben hat. Sie versteht auch überhaupt nichts von Yoga.

Irgendwann sagt Pavel auf der Matte neben mir laut und deutlich: "Und dafür verschwendest du deine Zeit!" Wir befinden uns in der Plank. So nennen die Yoga-Leute die hohe Liegestützposition.

Ich bin schon ziemlich gereizt, da bei diesem unqualifizierten Herumgeturne die Verletzungsgefahr gross ist. "Was wir hier machen ist kein Yoga! Das ist Brich-dir-den-Hals-Gymnastik, wenn überhaupt."

Ninja Calamity, die ganz in meiner Nähe steht, wendet sich mir zu. "Halten Sie den Mund", schnauzt sie mich an und sticht mir die Spitze ihres Korrekturstocks zwischen die Schulterblätter. Dabei verfehlt sie nur knapp die Wirbelsäule.

Ich bin so überrascht von dem plötzlichen Schmerz, dass ich aufschreie und auf den Bauch plumpse.

Romano Scarpetta steht auf. "Jetzt reicht es. Sie, Miss Amity, halten den Mund und verschwinden. Du, Nik, zeigst uns jetzt bitte, was diese Frau offenbar nicht in der Lage ist, uns beizubringen."

Stefan Leuli will ihn unterbrechen.

"Und du, Stefan, rufst bitte bei dieser unsäglichen Firma an und verlangst per sofort einen anderen Trainingsleiter. Ich verbringe keinen weiteren Moment mehr in der Gegenwart dieser Frau. Bleibt sie hier, gehe ich und nehme meine eigenen Leute mit und alle, die sich mir anschliessen."

Leuli und Scarpetta starren sich an. Scarpetta gewinnt.

Und ich darf den Yoga-Lehrer spielen – nach nur zehn Wochen, seitdem ich das Training wieder aufgenommen habe.

Ich beginne die Stunde neu mit dem traditionellen Moment Sitzen und skizziere ganz kurz den philosophischen Hintergrund des Yoga und die Atmung, bevor wir still werden. Dann singen wir ein OM und beginnen mit dem Aufwärmen. Bis zum Ende der Stunde mache ich Sonnengrüsse mit einigen eingebauten Variationen.

Die Stille im Saal wird nur von der Ujjayi-Atmung, die wie ein sanftes Meeresrauschen klingt, unterbrochen. Einige haben das Konzept erstaunlich schnell verstanden. Auf den Yoga-Matten breiten sich Pfützen aus Schweiss aus.

In Savasana, der Totenhaltung, die traditionell die Praxis mit einer tiefen Entspannung abschliesst, schlafen einige ein und beginnen zu schnarchen.

Wir enden mit einem OM. Danach bedanke mich bei meinen Kollegen, die erstaunlich gut mitgemacht haben.

Auf dem Weg zur Dusche sind alle still.

Zum Mittagessen gibt es ein ayurvedisches Festmahl. Wir essen begeistert. Nur die überzeugten Karnivoren mäkeln herum, dass alle Gerichte vegetarisch sind.

"Falls der neue Trainingsleiter nicht auftaucht, könnten wir am Nachmittag nochmals Yoga machen", sagt Scarpetta und greift sich sein x-tes Chapati. "Ich fand es sehr interessant."

Leider taucht der neue Trainingsleiter rechtzeitig auf. Genauer gesagt, fährt er in einem Porsche vor.

"Jetzt wissen wir wenigstens, wo all das Geld unserer Firma hingeht", meint Pavel spöttisch.

Der neue Trainingsleiter ist doch tatsächlich der Chef des Saftladens. Er heisst, und das ist kein Witz, Augustus Peacemaker. Der Kerl sieht aus wie ein Sektenguru mit langen, wogenden Haaren. Fast wünsche ich mir Ninja Calamity zurück.

Kurz nach zwei geht es im Geiste ab nach Afrika. Unter dem Motto "Trommel dich frei" sollen wir zu unserer inneren Mitte finden.

"Trommelt einfach, was ihr fühlt. Lasst es raus und befreit euch von dem ganzen Ballast. Wenn euch ums Schreien ist, dann tut auch das."

Mir ist in dieser Firma oft nach Schreien zumute, aber ich habe nicht vor, das vor versammelter Gemeinschaft rauszulassen.

Jeder bekommt ein Bongo vorgesetzt. Um das Eis zu brechen, gibt uns Augustus den ersten Rhythmus vor, unterbrochen von "Uh!"s, die aus dem Bauch kommen sollen. Das klappt noch recht gut. Das "sich frei Trommeln" wird dann allerdings relativ peinlich.

Pavel und ich stellen heimlich den Music Player unserer Smartphones an. Da wir beide unsere Haare etwas länger tragen, können wir die Kabel der Ohrstöpsel über den

Nacken in unsere Hoodie-Jacken führen, ohne dass jemand schlauer ist.

Ich trommle daraufhin zu "Because the Night" von Patti Smith, gefolgt von "Frederick". Ich muss die Musik allerdings so leise stellen, dass ich die dummen Kommentare von Augustus noch mitbekomme.

Irgendwann lobt er mich dafür, wie gut ich meinen Gefühlen freien Lauf lasse. Pavel erleidet daraufhin einen rekordverdächtigen Hustenanfall.

Bis es endlich Abend wird, habe ich im Kopf meine Einkaufsliste zusammengestellt, überlegt, wie ich meine Wohnung renovieren könnte, diesen Blog-Eintrag im Kopf vorverfasst und Erinnerungstrainings bis zum Abwinken gemacht (jemanden kurz betrachten und danach jedes Detail der Person beschreiben).

"Bei euch zwei ging ja die Post ab", meint Scarpetta zu Pavel und mir später in der Jurte.

Ich bin dabei, mich umzuziehen, um Joggen zu gehen. Der Nachmittag hat mich so genervt, dass ich etwas Dampf ablassen muss.

Pavel zeigt Romano unseren Trick.

"Ich glaub's nicht. Weshalb bin ich nicht selbst auf die Idee gekommen!" Alle lachen. Wir werden als die fröhlichste Jurte des Lagers in die Geschichte eingehen.

Pavel und Tanner kommen mit Joggen. Wir finden einen Waldweg, der an einem kleinen Bach entlangführt. Der Boden ist dicht mit Tannennadeln bedeckt und federt wunderbar. Ich könnte ewig weiterrennen, aber die beiden älteren Herren – Pavel ist 45 Jahre alt und Tanner nochmals ein, zwei Jahre älter – halten nach einer halben Stunde keuchend an.

"Ich schaue noch, wohin der Weg führt", entscheide ich und renne weiter.

"Hast du dein Mobile dabei?", brüllt Pavel mir nach.

Ich halte es als Antwort hoch.

Der Weg führt ziemlich weit. Der Bach mündet in einen Fluss, wahrscheinlich die Emme, und der Abend ist wirklich schön. Ich kehre erst lange nach dem Nachtessen zu den Jurten zurück, als es schon längst dunkel geworden ist. Nicht umsonst ist das Smartphone auch eine Taschenlampe.

Pavel ist stinkesauer.

Dass auch die anderen Zeltbewohner dieses Gefühl teilen, merke ich erst, als mir Romano ein Tupperware mit den Köstlichkeiten des Abends übergibt. "Wir haben uns alle Sorgen gemacht, Nik. Weshalb hast du unsere Anrufe nicht beantwortet?"

Weil ich das Mobile bis zum Einbruch der Dunkelheit abgeschaltet hatte, aber das muss ja niemand wissen. Eine Entschuldigung ist angebracht.

"Nichts für ungut. Ich arbeite wirklich gerne mit euch zusammen, aber nach so einem Tag wie heute brauchte ich einige Stunden Ruhe. Diese Events sind für mich sehr anstrengend."

Alle sind plötzlich still.

Florian Oberli, der Leiter Derivate, fummelt an seinem Schlafsack herum. "Ich wollte nichts sagen, aber da Nik es nun ausgesprochen hat: Mir geht es ähnlich. Und seit der Rhythmus auf alle zwei Wochen verkürzt wurde, ist es besonders schlimm."

Wie so oft, wenn einer oder zwei den Anfang machen, öffnen sich die Schleusen.

Rudi, der Leiter Legal, nickt. "Mir fehlt der Arbeitstag. Wenn wir alle zwei Wochen einen Tag weg sind, arbeiten wir effektiv nur 90 Prozent. Ich renne die ganze Zeit hinter mir her."

"Bei mir ist es die Familie", fügt Pavel hinzu. "Weil meine Frau und ich beide berufstätig sind, ist der Samstag ein wichtiger Tag für uns. Im Moment verpasse ich jeden zweiten."

Cinque Bam seufzt. "Genau. Cinque Bambini."

"Und ich frage mich oft, was ich an diesen Events soll", steuert Pavels Projektleiter, der sonst nur selten etwas sagt, bei. "Ich habe die meisten Schnittstellen nach extern. Meine beiden internen Ansprechpartner pflege ich bereits im Tagesgeschäft sehr intensiv. Mit Verlaub, aber das hier ist für mich Zeitverschwendung."

Unsere Blicke richten sich auf die beiden anwesenden GL-Mitglieder. Tanner und Scarpetta schauen sich an. Schliesslich seufzt Scarpetta, der furchtlosere der beiden.

"Ich verstehe euch. Wir zwei können allerdings nicht viel machen. In der GL gibt es einen inneren Kreis, bestehend aus den Leitern der kundenseitigen Sparten, bei denen das Geld reinkommt. Thomas und ich gehören zum äusseren Zirkel, weil unsere Bereiche nur oder zumindest mehrheitlich kosten."

Tanner nickt. "Dieser ganze Teambildungswahnsinn kommt aus dem inneren Zirkel. Wir wissen relativ wenig darüber, ausser dass es bei einem der anderen drei ein Führungsproblem gibt, das er so beheben will. Wir vermuten bei Duca."

"Und er muss die Leute unbedingt umbringen? Reicht es nicht, sie einfach zu entlassen?", rutscht es mir zwischen zwei Bissen meines verspäteten Abendessens heraus.

Alle prusten, sogar die GL-Mitglieder.

Sebastian Streuli rechnet eben mal nach: "Fünfzig Direktionsmitglieder und das zu einem moderaten Tagessatz von CHF 1500 mal 1,5 Tage. Das macht CHF 112 500 pro Teambildungsevent, und das ohne die Veranstaltungskosten wie das Honorar der Ausbildungsfirma, Transport, Unterkunft, Essen."

"Ich glaube, darüber muss ich erst einmal eine Runde schlafen", meint Florian und gähnt.

Die meisten folgen ihm ins Bett. Ich gehe noch rasch duschen und Zähne putzen und bin bald die einzige wache Person im Zelt, das sanft von einem Notlicht erhellt wird.

Ich nutze die Gelegenheit, um diesen Blogeintrag auf meinem Tablet zu schreiben, was nicht so schnell geht wie auf einer Tastatur. Ein Touchscreen ist nun mal nicht die bequemste Eingabemethode. Cinque Bam, der eine schwache Blase hat, erwischt mich gegen Mitternacht.

"Was arbeitest du so spät noch, Nik?", fragt er leise und setzt sich auf.

Ich grinse ihn an. "Keine Arbeit, sondern etwas, das der Schweigepflicht unterliegt."

Als Italiener denkt er natürlich zuerst an eine Frau. "Ah!" Seine Hände machen eine typische Geste. "Viel Erfolg."

Aus dem Nichts rüttelt ein heftiger Windstoss an der Jurte und ein kalter Luftzug dringt ins Innere. Wir schaudern beide. Unsere Stimmung kippt.

"Vor uns liegt eine lange, lange Serie solcher Events", sagt Cinque Bam leise und betrachtet unsere friedlich schlafenden Kollegen. "Bitte sag es niemandem, Nik, aber ich weiss nicht, wie ich diesen Wahnsinn durchstehen soll." Seine Augen sind gross und sorgenvoll.

Ich lächle ihm aufmunternd zu. "Wir schaffen das irgendwie."

"Hoffen wir es." Er steht auf und verlässt das Zelt.

Ich teile sein Unbehagen. Doch mindestens genauso graut mir vor den nächsten GL-Sitzungen, wo trotz sorgfältiger Vorbereitung sicher wieder alles drunter und drüber geht, den Auseinandersetzungen mit Duca, den hirnverbrannten Ideen von Mostkopf und ... und ... und ...

Bevor ich in tiefe Depression versinken kann, schliesse ich diesen Eintrag deshalb ab.

Ich werde berichten.

FORTSETZUNG FOLGT

In eigener Sache

Liebe Leser

Vielen Dank für Ihr Interesse an unserem Buch. Wir hoffen, dass es Ihnen gefallen hat und Niks Erlebnisse Sie zum Lachen brachten.

Als kleiner Verlag freuen wir uns sehr über **jede Weiterempfehlung, Rezension auf Amazon** oder **Verlinkung auf unsere Website** www.pongu.ch. Sie helfen uns damit, im Haifischbecken unter den grossen Verlagen zu bestehen. Vielen Dank dafür!

Haben Sie Anregungen für uns? Ihr **Feedback** ist jederzeit willkommen unter info@pongu.ch. Auch **Hinweise zu Tippfehlern** nehmen gerne entgegen. Da wir normalen Brotjobs nachgehen, arbeiten wir zu den unmöglichsten Zeiten an unseren Büchern. Entsprechend beginnen die Buchstaben manchmal auf dem Papier zu tanzen.

Unser nächstes Buchprojekt ist **Niks Fortsetzung zu "Willkommen im Wahnsinn"** (erhältlich ab April 2015). Wenn Sie bis dahin mehr von ihm lesen möchten, empfehlen wir **Niks persönlichen Blog** unter wwww.bullshit-bingo-blog.ch, wo er regelmässig zu Kommunikationsthemen schreibt.

Wir wünschen Ihnen viele (ent)spannende Lesestunden.

Bis bald in einem unserer Bücher!
Das Team von Pongü

Über Nicolas Wydmer

Für das Bullshit Bingo Blog kann Nicolas Wydmer auf über 20 Jahre Berufserfahrung zurückgreifen. Leider verbarg er seine Leistungen nicht gut genug vor seinen Vorgesetzten und wurde irgendwann selbst ins Management berufen. Seither hat er in etwa jede Verrücktheit schon erlebt oder beobachtet.

Besuchen Sie Nicolas Wydmer:

Auf seiner Website: www.bullshit-bingo-blog.ch
Auf Twitter: @NicolasWydmer

www.ingramcontent.com/pod-product-compliance
Lightning Source LLC
Chambersburg PA
CBHW060226180626
46813CB00007B/2973